三田の詩人たち

shinoda hajime
篠田一士

講談社文芸文庫

目次

三田の詩人たち

久保田万太郎

日本の明治以後の近代詩の話をしたいと思います。

五人の代表的と思われる詩人を、多少僕の好みにまかせて選んでみたら、慶應と極めて縁の深い人ばかりになったのは、偶然のことながら、御同慶の至りです。

久保田万太郎、折口信夫（釈迢空）、佐藤春夫、堀口大學、西脇順三郎の五人というわけです。

まず久保田、佐藤、堀口、西脇の四人は慶應出ですね。折口さんは他の大学だけれど、長い間慶應で教えられて弟子の池田弥三郎さんはじめ、多くの俊秀を育てられた。慶應とは切っても切れない、縁のある方です。

なぜこの五人を選んだかというと、久保田さんの場合は俳句、折口さんは短歌、いわゆる新体詩系の定型詩も書いてらっしゃるが、やはり、短歌詩人として画期的な功績を残されている。

佐藤春夫は、現代の口語自由詩型の前の、定型詩による日本の近代詩、この詩型を駆使してすぐれた詩を書いた人です。彼は創作詩ではもちろん、訳詩においても非常にめざましい仕事をしているんです。なかでも注目すべきは『車塵集』という訳詩集で、中国の唐・宋の時代の女流の詩を実に雅やかな哀々切々たる日本語にした。これはもう訳詩というより創作詩といってもいい。これが訳詩か創作詩かという点は、日本の近代詩のうえでも非常に重要な論点となっています。

訳詩といえば堀口大學ほど質量ともに重要な仕事をした詩人はいないですね。彼の『月下の一群』は昭和初年から十年代頃までの、新しい日本の詩的言語の創造に決定的な影響を及ぼしています。創作詩と思って読んでいっこうに差し支えない。とにかく新しい詩的感受性を創り出したという点で『月下の一群』ほど衝撃的な詩集はないと思う。もちろん堀口さんは創作詩もお書きになっていて、日本の他の詩人が容易に手を出さなかった領域、ウイットといいますか、俳句などでは江戸時代からやっていた一種の小粋さを近代詩のなかに生かした点でまさに目をみはるものがあります。

最後に西脇さんですが、いまさらいうまでもなく、第二次大戦後の「戦後詩」以降、現在にいたるまで西脇さん御自身の詩業もすばらしいが、影響もまた大変なもので、西脇さんの詩を読まない人でも詩を書いているうちに自然に影響を受けざるを得なかったというくらいなんです。それほど現在の日本の詩の創造全体にこの詩人の影響が満ち満ちている。現代詩を少し真面目に考えようとする時は、西脇全集を何度も何度も読み返さない限り理解できようはずがないといっていいほどの大詩人なわけです。萩原朔太郎以来の口語自由詩型を完全に確立したのが、西脇順三郎なのです。

これら五人の詩人は、明治以降の日本の詩的創造を、ひとつのものとして脈絡をつけて語ろうとするとき、節目節目で最も重要な存在になってくるわけです。

さて、久保田万太郎ですが、この方は一八八九年（明治二十二年）に生まれ、一九六三年（昭和三十八年）に亡くなりました。滑稽というと失礼なんだけど、死ななくてもいいようなことで亡くなりました。食通の会に出て、高級すし屋の出張なんですが、そこで赤貝を召し上がった。僕は晩年、偶然何度かお目にかかったことがありますが、食べ物に関しては質素というか、野暮というか、とにかく豆腐が大好きで、あとはトンカツとか、いわゆる通ぶった人が食べるようなものには手を出さなかった。そうそう卵焼きがお好きでしたね。卵焼きで飲むっていうのはどういうことかな（笑）。すし屋に行っていきなり卵焼きを注文するのが通だという話もあるけれど、そういわれるだけで実際にそんなことをする人は殆どいないと思いますよ。ところで久保田さんですが、赤貝が喉につかえて嚥下不能になり、窒息状態になって亡くなっちゃった。赤貝なんて食べ慣れていればどうということないんです。食べ慣れていないとヌルッとしているから老人の場合喉につかえやすい。まあ最初から食べなきゃよかったんですよ。

この辺がいかにも久保田万太郎風ですね。つまり、久保田さんという人は非常に礼儀正しい、相手を傷つけまいと気を遣う、いわゆる下町っ子のいい面を典型的に持ってらした。

晩年の死なくてもいいような死に方は、滑稽といえば滑稽だけれど、悲壮な心意気のあらわれですね。

久保田さんは、表看板は劇作家です。俳句は余技であると生前いっておられたが、本心では余技という気持ちはなかったんではないか。

というのは彼は中学生の頃から浅草界隈の俳句道場荒らしだったんです。その頃からいっぱしの俳人として、認められる技術を持っていた。だから余技というようなものじゃなくて、むしろ小説家・劇作家の面を評価してくれと、その意味で俳句は余技だといわれたんだと思います。

ここでは久保田万太郎の俳句について話しますが、だからといって彼の小説や劇作がまるでダメだというわけじゃない。中には彼の小説・劇作はセンチメンタリズムだけで文学としては幼いという人もいます。優れているのは俳句だけだ、と。小島政二郎さんなんかは芭蕉以来有数の俳人だと久保田さんを激賞している。僕は批評家だから意地の悪い読み方をしちゃうんですが、このほめ方は、俳句をほめるというより小説や劇作をけなすための面がなくもない。小島さんの意見はそれはそれで僕は尊重します。しかし久保田さんの小説が読むに値しないかとなると僕は疑問に思う。

ごく最近岩波文庫で『春泥・花冷え』が復刊されました。『春泥』はお芝居の世界の話で新派がモデルになっている。新派が分裂していく過程に起こった劇団の内紛を人情で絡めていくドラマチックな話なんです。ちょっと読むと感傷的な人情話のようだが、もう一度読み返してみると案外面白い。というのは、義理人情の語り口がいわゆる江戸弁でしてね、浅草界隈の非常にスピード感のある強い江戸弁を登場人物が駆使するんです。それと場面転換が実にめまぐるしい。だからまず退屈しない。こういう小説技法は、泉鏡花の小説から学ばれたのだと思います。「……」を多用し、余白を生かすのも久保田さんの特徴ですね。古めかしいといわれるが、よくよく見ると古めかしいのは上っ面だけで、その底に常に変わらない感覚の生々しさがある。それで今、泉鏡花がリバイバルしているのだとしたら、ついでに久保田万太郎の小説も併せて読むと一層面白いでしょう。

石川淳という作家がいます。彼の小説にも伝法で粋な会話がしょっちゅう出てくる。この語り口のいきのよさは鏡花の持っているものにつながっているんです。石川さんも久保田さんも同じ浅草の生まれです。今の浅草はどうか知らないけれど、明治、大正の時代に浅草で育った人には現在では再現できない江戸弁の一番いきのいい言葉が残っている。それを生かしているのが久保田さん、石川さん、さらに遡って泉鏡花。

石川淳と泉鏡花をつなぐ中間点に、久保田万太郎の市井ものの小説があって、中継力、媒介力を持っているといってもよい。しかしそういうことをぬきにしても、久保田万太郎の小説は読んで面白い。特に大震災や戦争で壊れちゃった江戸の感受性のありか、ありようを知りたければ、久保田万太郎の小説を読むのが一番てっとり早いと思いますよ。

晩年の短篇に『三の酉』というのがあります。浅草のお酉さまの話なんですが、初期や中期の作品にみられるいやらしい程べトべトした感じがない、非常に枯れている。それだけに粋な江戸の感受性が純化されていて実にみごとです。

だいたい久保田万太郎の小説は短篇中心で、中篇や長篇もあるけれど、短篇をつなぎ合わせたような感じです。大正文学の小説家にはそういう人が多い。芥川龍之介なんかはこれはもうれっきとした短篇作家だし、志賀直哉の『暗夜行路』だって、本当に長篇小説といえるかどうか疑問です。

長篇の創作にせっせと邁進したのは谷崎潤一郎だけでしょう。あとは短篇を引き伸ばして長篇にするのが精いっぱいだった。日本の近代小説の発展過程からいってそういう時期だったんです。

特に久保田文学のエッセンスは俳句ですから、本格的な長篇など書けない、中篇でも大変なんです。俳句は世界にも類のない短詩型で、五七五、あとは全部余白で読ませる。そういう文学の作り方を久保田さんは子供の頃から抱え込んでいたわけです。

では、久保田さんの俳句の話に入ります。詩学で俳句や短歌の話が出てくるのはおかしいと思う人がいるかもしれないが、おかしいと思う方がおかしいんで、詩を考える場合、まず短歌があり俳句があって、それからいわゆる近代詩といわれるものが出てくるんです。

この三つを全部合わせて考えなければ、日本の詩的創造の全貌をつかむことはできない。しかし今や、短歌、俳句、現代詩の世界は全く連絡がないといっていいくらい、それぞれ閉ざされてしまっていますね。

たとえば現代詩を書いている詩人に、今いちばんの俳人は誰だときいてもまず答えられない。前衛短歌をやっている人たちは詩人と交流があるようですが。

俳人、歌人は長生きです。長生きしなきゃできない。八十までじゃダメ、土屋文明さんなんか確か九十代の半ばですよ。

その点詩人は違う。西脇さんは八十五歳くらいの時、もう自分には詩は書けないといわれたが、さもありなんと思う。現代詩の場合はそんなにいつまでも書けるものじゃありません。

何を言いたいかというと、俳句や短歌は全貌を知るのに大変な努力と年月が必要だということです。俳壇歌壇は何々派という結社から成り立っていて、結社ごとに孤立している。しかしまた、これはまさに日本的現象なんですが、孤立しながらそれ自体で自足できる、まとまった世界なんですね。

俳句、短歌の世界の底辺部分は非常に広い。ひとことでいえばみんなアマチュアなんです。その中にいくつかそびえ立つ存在がある。どうやってそれを見抜くかですね。そして、そうした峰々を全部見渡して、はじめて短歌なり、俳句なり、それぞれの形式による詩的創造の全貌がつかめることになるのです。

前置きはこれくらいにして、ともかく久保田万太郎の俳句に話をすすめましょう。ここに二十ばかりの俳句を選んでみました。

短日やされどあかるき水の上

冬の灯のいきなりつきしあかるさよ
　菊次郎を悼む

燈籠に二十里さきの月夜かな
　終戦

何もかもあつけらかんと西日中
　八月二十日、燈火管制解除

涼しき灯すゞしけれども哀しき灯
　「短夜」演出ノートより

短夜のあけゆく水の匂かな

波の音はこぶ風あり秋まつり
　鎌倉、けふよりまた毎年のことの〝春まつり〟なり

四月馬鹿朝から花火あがりけり
　赤坂伝馬町

寡婦いでて提灯つれり秋まつり
　伊藤基彦、クリスマスをまへにして急逝

黄泉《よみ》の道の凍テいかばかりならむ汝《な》よ

だれかどこかで何かさゝやけり春隣

　六月二十九日夜文藝春秋新社にて〝同架集二〟刊行記念句会

かくれ住んで選挙権なし濃《こ》あぢさゐ
　人に示す

また道の芒のなかとなりしかな

雪の傘たゝむ音してまた一人

春の灯の水にしづめり一つづつ

春の灯のまた、き合ひてつきしかな
鮟鱇もわが身の業《ごふ》も煮ゆるかな

一子の死をめぐりて
たましひの抜けしとはこれ、寒さかな
なまじよき日当りえたる寒さかな
湯豆腐やいのちのはてのうすあかり

晩年の句がいいですね。特に最後の

湯豆腐やいのちのはてのうすあかり

は久保田万太郎の絶唱といわれています。

非常に日常的なものに接近しながら、日常性からフッと瞬間的に離れる。それは瞬間に始まって瞬間に終るんです。これが、まあ、俳句の呼吸というものでしょうか。

〝うすあかり〟って何だ、と謎解きみたいに考えてしまうとこの句の良さは分からない。これは実に哀しい句なんですよ。久保田さんの私生活を知っているともっとこの哀しさが分るんだろうけど、知らなくたってこの哀しさは感じられる。
最初にあげた

短日やされどあかるき水の上

これは小粋なうたです。〝短日〟、日が短くなる季節、それを受けて〝されど〟が肩をそびやかすような感じですね。この口調の面白さ、粋さが、なんでもないこのうたを生かしている。
次の

冬の灯のいきなりつきしあかるさよ

では、〝いきなり〟というごく普通の日常語が、それこそいきなり使われている。こういう技術というか、言葉の呼吸が実にみごとです。

燈籠に二十里さきの月夜かな

これは考えだしたらきりがない。燈籠に燈が入る、ところが頭上には二十里先の満月が輝いている、今更燈籠なんて、という風にとると面白いんですが、しかしいくら大平原であっても、文字通り、二十里先に照っているのと同じ月が見えるということはありえないんで、こういうのは一つの詩的誇張といっていいんでしょう。しかし厄介なのは、この句が、かならずしも月の光の皓々たる輝きのすばらしさをうたったものとはいえず、むしろ逆に、燈籠に燈が入った、その輝きのめでたさをうたったものとも読めることです。

ここで、いわゆる詩的多義性の理論を持ちだしてもいいのですが、まあ、それはかえって野暮というもの、ただただ粋なものよと感心しておきます。こういった粋な感触というのが彼の俳句の特色です。

明治以降、正岡子規、高浜虚子らは、江戸俳句や古今集、さらに新古今集に通じるような月並俳句を排除し、言葉遊びなども全部切り捨ててしまった。

ついでに言い添えておきますが、江戸の洗練された粋な感じは、京、大坂の雅びとは異なる江戸後期文明の華なんです。子規が排除したこの江戸月並俳句の粋さが、久保田万太郎のなかには残っているのです。

終戦

何もかもあつけらかんと西日中

　これはやはり〝あつけらかんと〟というところがミソでしょうね。〝西日中〟というのは西日のこと、あの終戦の日は暑い夏の盛りで、僕は郷里《くに》の田舎にいたんですが、ほんとにもうカンカン照りの非常に暑い日だった。そういう背景というか、風景そのものの中であの戦争が終ってホッとした気持ちと、一方で敗戦の虚脱感、その両方を〝あつけらかんと〟という極めて卑近卑俗な日常語で、ピシャッと決めているわけです。こうした日常語を現代詩で使うとなると相当な手練手管が要る、いや、まず使えないでしょうね。この〝あつけらかんと〟という言葉を、これほど効果的に持ちだすことは無理でしょう。

　もともと俳句というのは、俗語をできるだけ生かしてポエジーを創りだすものだと芭蕉なんかは強調しているんですが、短歌でも俳句でも言葉の数が限られていて、特に俳句は十七音でしょ。その中で卑近な日常語を使うとなると、かなり無理なことをしなくちゃならなくなり、それが苦心の為所《しどころ》ということになります。

　しかしこの〝あつけらかんと〟はうまいもんですね。万太郎がいかに日本語を大事にし、しかもそれを詩に生かすにはどうしたらいいか、絶えず苦心していたことがよくわかる。

　劇作家としての万太郎は、セリフのやりとりをずいぶんと苦労して書いていたわけで、その努力がこういうところに出てきているんですね。あるいは逆にも考えられる。俳句で苦労したことが劇作のセリフを生かしている、と。この辺は相互関係だと思います。

次の「八月二十日、燈火管制解除」。十五日に戦争が終ったんだけど、そのときはまだ燈火管制は解除されていない。数日後に初めて夜、電燈をつけていいことになったんです。

これで本当に戦争が終ったという感じ。実に喜ばしく楽しい情景です。とにかくそれまでは電燈をつけてはいけないんだから、つける場合は電燈の上に黒い覆いをかけ、部屋をしめきっていた。少しでも明りが洩れると、敵機の爆撃の目標になるとかバカなことをいって町内会が怒鳴りこんでくるんです。

そういった心配が一切なくなって、明りがつけられる、窓も開けられる、障子も開けられる、だから

涼しき灯すゞしけれども哀しき灯

となるんです。戦争が終ってそのむさくるしさから解放された〝涼しさ〟と、実際に外の風が入ってくる〝涼しさ〟、両方の〝涼しさ〟がこめられている。

さらに漢字と平仮名に使い分けています。最初の〝涼しさ〟は情景的な感じで、つぎにそれを〝すゞしけれども〟と平仮名で受け、内面化する。この内面化のレールに乗せて

〝哀しき灯〟とつづける。

燈火管制が解除になってとても喜ばしいのだけれども、やはり戦争に負けたということは哀しい、そういった口惜しさがほのぼのと出ている句ですね。

僕なんか当時まだ二十歳にもなっていなかったから、もう嬉しいだけだったけれど、久保田さんはすでに六十歳くらいでしょ。当然、日本が戦争をやる以上勝つのが願わしいと考えておられた。その意味で〝哀しき〟という言葉はもう自然に出てくるわけです。

短夜のあけゆく水の匂かな

これも戦後の作品です。あの夏の暑苦しくて短い夜、そういう夜があっという間に明けて、水の匂いがする。当時の東京には下町から今の銀座あたりにかけてたくさん堀割があった、そういった街中のどぶ臭い情景を考えてもいいし、海辺の水でもいい、また清冽な川の水でもいいんです。

匂いから水のありかをよみとるというこのうたい方は、非常に印象主義的でしかも官能的です。感覚的な強さがある。

波の音はこぶ風あり秋まつり

これは音です。波の音に風の音がかすかについてくる、そこに秋まつりの囃子の音が遠くからだんだんと近づいてくる。波とか風とかいう自然現象の主体を外して、音でその主体のありかをうたっているんですね。

次が「赤坂伝馬町」です。この詞書きというのは俳句でも短歌でも非常に重要で、ある意味では、句や歌の一部でもある。詞書きをどういう風に書くかが俳人歌人の腕の見せどころともいえます。

赤坂伝馬町には久保田さんの三番目の奥さんというか、一緒に暮らした三隅一子さんという女性がいたんです。昔、芸者をやっていた人なんですが、久保田さんは晩年彼女と一緒になって初めて幸福な夫婦関係に恵まれたといわれている。

ですから「赤坂伝馬町」と詞書きがついていると、知っている人は、ははあ、あの女性をうたったんだなと思うわけですよ。

ところが

寡婦いでて提灯つれり秋まつり

とその女性を寡婦、つまり未亡人にしてしまっている。寡婦が曲者ですね。夫を亡くして独り身になった寂しい中年婦人が、戸口から出てきて秋祭の提灯を吊る、こういう哀愁を帯びた情景をうたってみせたということです。

ここで問題なのは、詞書きなんです。つまり、あまり詞書きにこだわりすぎると、作者のフィクションの遊びが楽しめなくなります。

次はもっと詳しい詞書きで「伊藤基彦、クリスマスをまへにして急逝」。これも詞書きがあるとないとではずいぶん違うんです。

この伊藤基彦という方は、久保田万太郎の二番目の奥さんの弟にあたる人で、実際は自殺だったらしい。きわめて身近な近親者の自殺という事件をうたったのが

黄泉《よみ》の道の凍テいかばかりならむ汝《な》よ

非常に感じが出ていますね。クリスマスだから〝凍テいかばかり〟、つまり氷りつくほど寒い。で、死んで黄泉の国へと道をたどるお前、その道はどんなに凍てついていることだろう、と〝汝《な》よ〟で呼びかけるわけです。

思い遣りがあるというか、哀しみそのものが思い遣りになっている。そしてその思い遣りがさらに哀しみを深める、そういった悲哀感にあふれた句です。

これなど、古くさい叙景叙事から離れて、もう完全に近代詩のポエジーといっていいで

すね。

だれかどこかで何かさゝやけり春隣

これは、冬が去って春になった、季節の息吹が新たに出てきたというめでたい感じを、近所の人たちの何をいっているのかはわからない話し声にさえ感ずる。つまり、生き生きとした人の囁き声が聞こえる、ああ春だな、そういった句です。なんでもない、どこにでもあるような情景だけど、こうやって十七音にこめちゃうと立派な詩になる。

この句とは似ても似つかないんですが、そのうたっているポエジーに非常に近いものに、西脇順三郎の「天気」という詩があります。

天気

(覆《くつがへ》された宝石)のやうな朝
何人か戸口に誰かとささやく
それは神の生誕の日

これは難しい詩だということになっていて、〝覆《くつがへ》された宝石のやうな朝〟とは何だという風に考えるともう分らない――（覆された宝石）と括弧してあるのは、ジョン・キーツの詩を引用したからです――、しかしなんでもないんですよ。要するに、宝石箱から宝石をザラッとぶちまけたときの輝かしさ、そういったキラキラした太陽の光に満ちあふれた朝、まず春が思いうかびますね。

何人か戸口に誰かとささやく

これも家の中にいて、まだねぼけまなこかなんかなのに、戸口で家の者が外の誰かとささやいている、そういった情景です。

それは神の生誕の日

この神は、ギリシャ古代の多神教の神々を考えればいい。これをキリスト教の神と考えるとおかしなことになる。

〝神の生誕の日〟というのは、人間じゃなくて神さまが生まれるような実に晴れ晴れとした麗らかな日、というレトリックなんです。

つまりこの詩は、三行をひと息に読んで感覚的にうけとっちゃえばいいんです。太陽のサンサンと輝くこの日の朝の感触を、読む人が摑むか摑まないか。摑めば、この詩が、万太郎の

だれかどこかで何かさゝやけり春隣

と極めて似たような感覚と情景をうたっているというのがおのずと分かってくる。この「天気」という詩は紛れもなく現代詩なんですが、三行詩で書かれている。俳句も、五七五と三呼吸でしょ。だから呼吸が似ているなんていったら怒られるかもしれませんが、やはり今読み返してみると非常に微妙な形で五七五の三呼吸がかなりメタモルフォーズされて出てきている。

つまり、日本人が詩を書く場合には、俳句の三呼吸、あるいは短歌の五呼吸が知らず知らずのうちにどこかに出てくるんだな。これはやはり生理なんです。

だからといって西脇さんがこの詩をつくるとき、俳句とか短歌を意識したわけじゃない。そんなものは、どこ吹く風といった昂然たる気持ちがあったこと、これまた、たしかな事実です。

しかし晩年の西脇さんは俳句に非常な興味を持ち、特に芭蕉には異常な関心を示され

た。芭蕉論なども書かれて、しかも芭蕉とマラルメを同じ範疇で考えるべきだ、共通するのはウイットだといっておられる。ウイット、つまり諧謔こそ、詩、ポエジーにとって一番大事なものだ、と。

西脇さんの三行詩に五七五の俳句の呼吸を当てはめるような解釈は今まで出てきていないけれど、これからはそういうことをやらなきゃいけないと思います。これは詩人西脇順三郎、モダニスト西脇順三郎にとって決して不名誉なことではない。

もっとも、俳句の五七五という三呼吸を自覚的に一種の詩的弁証法として活用し、三行詩を書いた大詩人もいる。西脇さんとほぼ同世代の吉田一穂という詩人です。この人が十数年かけて書いた作品に「白鳥」という三行詩十五篇の連作詩がある。これが実に素晴しい。西脇さんのモダニズムとは違って、むしろ、その源泉はサンボリスムですね。日本のサンボリスムの詩では最高の作品でしょう。

近代詩の歴史の中で、象徴派といわれる人たちはいます。初期の北原白秋とか、三木露風とか、明治末年から大正初期にかけて活躍した詩人たちだけれど、これは看板だけが象徴派で、中身は本来のサンボリスムが持ってる極めて論理的な構造、そして、詩的言語によってひとつの宇宙を構築しようとする意志などは全くないんです。だから今は、彼らのことを象徴派とはいわない。いっても日本象徴派とかね、日本をつける。それならまあいいと思いますけど。

本当のサンボリスムというのは、ボードレール、マラルメ、ヴァレリーを主流とした系列で、それにつらなる作品は日本では非常に少ない。

モダニズムは、サンボリスムのあとに出てきて、サンボリスムを吸収変容した。シュールレアリスムがそうですが、新しく言葉をつくりだし、そこから新しいポエジーをつくり、さらに現実世界まで変容してしまおうというのです。

だから西脇さんは文学史的にいえば、吉田一穂より新しいということになりましょうか。

吉田一穂の「白鳥」は全部三行詩で、明らかに俳句の三呼吸を現代詩に生かすという努力をしている。それがみごとに成功した。従ってこの場合は、単なる生理ではなく、原理の問題となるわけです。

ところが、この「天気」には、そういった原理的な意志は全く見られない。むしろ原理的には俳句的なものを一切排除したところに詩をつくるということなんですが、結果的に日本人の詩的生理が知らず知らずに働いて、こんな立派な詩になったわけですね。

これが書かれたのは一九三〇年代です。当時はごく一部の人にしか理解されなかった作品ですが、今は、むしろこちらの方がわかりやすくて、万太郎の

だれかどこかで何かさ、やけり春隣

この方が分りにくいんじゃないですか。分りにくいというか、バカバカしいというか、どこがいいのかと、不審がる人も多いんじゃないですか。

〝だれかどこかで〟、これも極めて卑近な日本語です。しかもちょうど鉦たたきのカンカンという音みたいに〝だれかどこかで何か〟と三つの〝か〟音が言葉の止めに入っている。

これは五七五というより七八五ですね。崩しているわけです。そこがなかなか粋で洒落た感じなんだな。

それに〝春隣〟だからいいんです。〝秋隣〟でも〝向隣〟でもいいというわけにはいかない。〝冬隣〟なんていったら何だかわからなくなるし——、そういうところが言葉の難しさなんです。

　　かくれ住んで選挙権なし濃《こ》あぢさゐ

これも背景を知っていると知らないではちょっと違ってくる。さっきいった万太郎が晩年を共に過ごした三隅一子という女性と正式に夫婦になれない時期のことなんです。で、〝かくれ住んで〟となる。

〝濃《こ》あぢさゐ〟、これは紫に近い非常に濃い紺色の紫陽花のことです。濃艶というか濃厚な色の紫陽花が雨に打たれて、ますます生き生きしている。そこに〝かくれ住んで選挙権なし〟という男女の濃密な生活感情を暗示している。なかなかいい句です。

人に示す

また道の芒のなかとなりしかな

この「人に示す」という詞書きは、誰かに自分の心境を訴える、披瀝するという意味です。

どこまでいくとも知れぬ果てない道を歩いていると、茫々《ぼうぼう》と芒《すすき》が生えていて、いったんは芒から抜け出たと思ったけれども再び芒の中に入ってしまった、いったいどこまで行けば芒がなくなって視界がはっきりするのか、行けども行けども人生というか、人の道というのは見分けがつかんものだ、とそういう句です。きわめて日本的なんですが、人生観照に道の芒をうまく生かしている。大したことないといえばそれまでなんだけれど、しかしこれは、つくれるようでなかなかつくれないうたです。人生観照というと何か哲学的なものを感じるかもしれませんが、哲学というよりもっと感覚的なもの、感情の深さがこめられている。そのへんが若い人にはわからんだろうと思いますね。あえていっときますけど。

雪の傘たゝむ音してまた一人

雪の日というのはとても静かで人の足音も聞こえない、雪を踏んでくるわけだから。それで傘をパタッとたたむ音がして、ああ、うちに人がやってきたんだなと分る。そういう句です。音が効いている。

春の灯の水にしづめり一つづつ
春の灯のまたゝき合ひてつきしかな

この灯は、提灯のような灯でも、ネオンの灯でも、電燈の灯でもいい、それが水に映っている。〝水にしづめり一つづつ〟というのは反映している水のことです。
それから〝またゝき合ひてつきしかな〟、これはいくつもの灯が同時にパッパッとつくといった、にぎやかな光景、いや、瞬間をキャッチした句です。非常に微妙な視覚的運動の瞬間をうまく捉えている。
音にしても、視覚的瞬間にしても〝しづめり〟とか〝またゝき合ひて〟という微妙な表現が可能なのは日本語だからなんです。

これを英訳なり仏訳なり、ヨーロッパ語に直訳したら何がなんだか分らなくなってしまう。〝水にしづめり〟をsinkじゃなくて、reflectと、つまり〝投影する〟〝映る〟と書いたら詩が詩でなくなっちゃいます。そのへんが翻訳の難しさでしょうね。

鮟鱇もわが身の業《ごふ》も煮ゆるかな

これを万太郎の一番の傑作だという人もいます。僕は悪い句だとは思わないけれど、ちょっと構えているのが気になりますね。

鮟鱇という非常にグロテスクな顔をした深海魚、関西ではあんなもの食べませんが、関東ではとても珍重し、よく鍋にして食べます。

鮟鱇鍋がグツグツ煮えてくる。その灼熱の苦しみを鮟鱇は味わっているのだろうが、食べるのを待っているわが身の業も並々ならぬものだ、とそういったある種の諦念をうたった句です。もちろんその諦念には、自分の生涯を顧みての慚愧の思いがこめられている。しかもそこに居直っている。この居直りが僕にはちょっと気になるんです。

鮟鱇とわが身の業、この二つを連ねたやや意想外のイメージ。鮟鱇をこういう風にうたえるのはやはり江戸の人という感じだし、いかにも江戸俳句的です。しかし江戸人の粋さが、居直りで少し泥臭くなっている。だから、面白い句ではあるが一世一代の名句ではないと僕は思います。

つぎの「一子の死をめぐりて」は、三隅一子さんが突然亡くなって、久保田さんは本当に自分の分身を失ったような悲しみにくれる。その悲しみの中で彼女を悼んでつくられた句が十句あるんですが、そのうちの二句です。

たましひの抜けしとはこれ、寒さかな

なまじよき日当りえたる寒さかな

〝これ〟という言い方は、前の〝短日やされど〟の〝されど〟と同じ調子なのだけれど、こちらの方がずっと強い。

〝なまじよき〟の方はなだらかですが、どちらも思わず涙が出そうな悲哀感にあふれている。これはもう説明する必要もないでしょう。

最後の句はまさに一世一代の名句です。

湯豆腐やいのちのはてのうすあかり

これは説明しようとすればするほど白けてくる。イメージの解釈はいかようにもできますが、たとえば、湯豆腐が沸騰した湯の中でグツグツ煮えてき、だんだんにその白さが露わになってくる、端の方がちょっと崩れる、その崩れ方が〝いのちのはてのうすあかり〟とイメージの上で結び合うとか絡み合うとか。

しかし議論しても白けるだけです。これはやっぱり句全体の持つそれこそいヽのヽちを捉えなきゃ。

万太郎の俳句の特徴は、芭蕉やそれ以前からの俳句独特の軽み、ふざけ、遊びが生きているということで、要するにハイカラなんですね。江戸俳句にはあった、時代の先端をいくようなハイカラという感覚、それが万太郎の句にもある。だから必ずしも新しいとはいえないわけで、むしろ古いものを逆手に使って新しさを出す、一見詩にはとても向かないような言葉を使う、そういうやり方で万太郎は小粋で洒落たハイカラな感じを出したんです。

これで万太郎の詩の話は終ります。

折口信夫

折口信夫（釈迢空・本稿では本名で通す）は、一八八七年（明治二十年）に生まれ、一九五三年（昭和二十八年）六十六歳で亡くなりました。当時としては決して早死にではないんだが、それでも僕なんかやっぱり、折口さんは少し早かったなあって感じを持ちました。

折口さんは日本文学の研究家として、画期的な仕事をされた方で、特に慶應大学の国文科の学統は折口さんを抜きにしては考えられないですね。国文学研究では全然問題にならなかった、柳田国男が切りひらいた民俗学の様々な成果を、文学研究、特に古代文学の研究に導入して、今迄曖昧模糊となっていた部分や、誤解されていた事柄を見事に解明されたわけです。

民俗学の導入を考えるうえで、柳田―折口というラインを一応考えるのは常識ですが、柳田民俗学と折口国文学は必ずしも一線に連なるものじゃありません。柳田国男ももともとは詩人、明治時代の自然主義の文学者の一人として活躍した人ですが、民俗学者としては、自分の足を使って全国を歩き廻り、極めて実証的な地固めをした上での研究をされた。一方折口さんはというと、学者であっても実証性ということはあまり尊重されないんですね。折口さん天性の詩人的直観力というか、それを絶えず学問研究の中でも存分に発揮して、驚くべき洞察力を示されました。

時には、ほんまかいなと、ちょっと首を傾げたくなるような断定もされましたが、それはあまり気にする必要はないわけで、おしなべて、詩人的直観力による古代の照明というのが何よりもミソなんです。これは普遍的な方法というものにはなりえないもので、折口さん独特のポエジーの精神の働きがあって初めて、可能になったことなんです。現在では折口さんの御弟子さんに当る学者の方々の努力で、文学研究で民俗学を使う場合に、どういう風にすればいいかという方法論ができているようですが。

折口さんの古代研究以下国文学関係の論文、あるいは講演とか講演録、どれを読んでも折口さんの詩魂がキラキラ輝いているものですから、読む方もついそれに幻惑されて、何が何やら判らなくなってぼんやりしちゃうという風なことがありますね。まあ、ここが問題なんでしょうが、国文学者としての話はこれぐらいにして、詩人としての折口信夫はどういう仕事をしたか？　詩人といっても、もちろん、歌、短歌です。折口さんは歌人として極めて重要な存在であることは、いまさら念を押すまでもありませんが、歌という狭い領域だけでなく、日本語による詩の創造を広い視野から懸命になって考えていた詩人のひとりだということを、ぼくとしては特に強調したいのです。

最初の歌集が、大正十四年（一九二五年）に出た『海やまのあひだ』で、この十四年より十年ぐらい前からの歌が集められています。その冒頭にあるのが「島山」という題の、

葛の花　踏みしだかれて、色あたらし。この山道を行きし人あり

という歌です。

これは何でもないような歌ですが、実に新鮮ですね。楽屋話めいたことをいえば、熊野の海岸端の山地を旅行された時に詠まれた歌です。

葛の花の色が判らないと、この歌はピンとこない。赤紫色なんです。勿論、山道だから緑は沢山ある。丁度、初夏の頃ですか、「島山」という題からみて絶えず横手に青い海がちらちら見えている。そこに赤紫の花が零れるようにして散っていて、それが人の足跡になっているわけです。

そういう色彩感と、最後の「この山道を行きし人あり」という、ここなんです、この歌の中で一番大事な部分は。これは単なる自然観照と違って人間くさい歌です。道にならない道を歩いているのだけど、人が歩いた跡が判る。ああ、やっぱり人が住んでいるんだ、通っているんだという、そういう人懐しさ。それがこの歌の一番の読みどこ

ろなんですね。

明治以後の近代短歌では、何といっても、正岡子規という大きな存在がある。子規という人は俳句と短歌の両方に対して、それこそ源流となるような地位を占めています。その子規のあとの、俳句を継いだ人物が虚子であり、短歌の方を継いだのがアララギという一派なのです。

このアララギが日本の近代短歌を半ば以上つくりあげたといっても過言ではない。何しろこのグループには斎藤茂吉という大歌人がいるんですから。茂吉は直接、子規に習わなかった人ですが、先輩、同輩には、子規の直系の弟子筋にあたる、熱血漢の伊藤左千夫、小説『土』で有名な長塚節、それから島木赤彦といった人達がいて、彼らといっしょに、師の仕事を受け継いでアララギの地固めをした、いわば大功労者です。

茂吉は、明治の終りから大正、昭和、さらには第二次世界大戦後までずっと生きつづけ、質量とも、他を圧する歌を作り続け、また、理論家としても「写生論」などにおいて「実相観入」ということを言いだした。これは〝レアリスム論〟といってもいいものです。レアリスム論としては小説における自然主義から私小説にかけてのそれと並ぶもので、しかも理論的に、これらの連中には極められなかった深い理論を持っています。そういう理論が作れたということは、茂吉が大変な勉強家で理論家だったということで、「実相観入」というものもともと仏説の用語で、それを詩論に導入したのです。

茂吉をはじめとして、アララギを中心とした近代短歌の持つ伝統の深さには、本当にこわいものがあります。万葉から、古今、新古今、中世の無数にある勅撰集の流れのなかで、勅撰ではないんですが、最初の「万葉」の歌風はすたれてしまいます。江戸期になって、万葉がもう一遍リバイバルする。そういう長い間に鍛え抜かれた詩的言語というものの重みは驚くべきもので、西洋の近代小説の上面だけをなぞったような、自然主義や私小説の教えによる小説形成とは違った、言葉の持つ威力、深さというものが、自ずとこの理論にも出てきているんです。

自然主義や私小説をもう一遍、評価し直そう、その成果を考え直そうという場合には、ぜひとも、茂吉に限らず、近代短歌の建設者だった詩人たちがやった、子規に始まる「写生論」をもう一度読み直すべきです。詩と小説というジャンルの違いはあっても、文学言語というレベルでは同じだし、基本となるのはやはり詩的言語ですから、自然主義、私小説はアララギというグループの動きとパラレルな関係ということになるはずです。

折口信夫は、早くからこの茂吉のアララギのメンバーの中に入っていましたが、この「葛の花　踏みしだかれて、色あたらし。この山道を行きし人あり」という歌一首を見ただけでも、アララギとは随分似て非なるものだと判ります。こういう感情のつややかな動き方、下句の「この山道を行きし人あり」というのは、アララギにしてはちょっとつややかで、露骨すぎるんだな。

茂吉も若い頃の『赤光』とか『あらたま』等を読むと、かなり感情を赤裸々にうたった歌が多い。しかしそれは、母親が死んだ時とか、人間一生において何度も経験できないような、悲劇的というか、危機的な生の状況のなかでうたっているんです。そういう場合なら、それこそ「おーっ」と泣くような歌を書いてもいいんですけど。

つづいて、

山岸に、昼を　地虫《ヂ》の鳴き満ちて、このしづけさに　身はつかれたり

この歌もやはり旅の途中で、同じく初夏の季節でしょう。「地虫《ヂ》の鳴き満ちて」を受けて「このしづけさに」と続く。地虫ですから蝉のようにけたたましく鳴きませんが、ジジーという音がその辺から聞こえてくる。そういうモノトーンの音というのは一種のstillnessというか、意識の上では静けさに転換するんです。それによって却って自分の「身はつかれたり」という。「身は」といってもこれは心身でしょう。身も心も疲れた状態を、まざまざと眼前に浮き彫りにしてくれるようだというわけです。

これは実に微妙な音の感覚を扱った歌で、やっぱり読みどころは「身はつかれたり」の所です。

それから、

山の際《マ》の空ひた曇る　さびしさよ。四方の木《コ》むらは　音たえにけり

これも説明はいりませんが、上の句で「さびしさよ」と呼びかけていますね。こういうのもアララギの系統からいうと、ちょっとまずい、行き過ぎだということになる。こんな所で「さびしさよ」と直接言葉にしないで、厳正な写生のなかに寂寥感そのものを出すべきだという風な批評が、当然出てくると思います。

それで折口信夫はアララギにいづらくなって、途中からとびだしてしまう。どうもアララギの写実というのは変だ。自分の心を素直に出すこともできずに、その外側のものをあるがままに写しているだけじゃないかと考えたわけです。

茂吉にもそういう場合がないわけではありませんが、彼ぐらいの大歌人、大詩人は別として、二流三流のアララギ歌人になると、実にバカバカしい程の、単なる現実模写だけを三十一文字の中でやってのほほんとしている。新聞の短歌欄によくありますね、そういうの。日記をつける代りにちょっと三十一文字にしたりするのが。

そういう日記代りの現実模写を引き起した元凶がアララギにあるといえば、それはそうですが、折口信夫がアララギにいづらくなったのは、そういう低い次元の問題ではな

く、もっと高い次元で、アララギの写生論というものはおもしろくない、自分の歌を作る上で満足できないと考えたんです。それで今度は北原白秋の方へ折口信夫は寄っていきます。

明治以降の近代短歌においては、アララギが主導権を握っていたわけですが、それに対抗した別な系譜の近代短歌があります。それが与謝野鉄幹が始めた新詩社から出されていた、「明星」という雑誌によったグループです。アララギの写実に対して、新詩社はロマンティックな感情の激しい動きを、臆することなく堂々と歌いあげている。これは悪くすると壮士芝居のセリフまがい、あるいは、お涙頂戴といったものになってしまう。事実、鉄幹の歌には壮士調の何だかバカバカしいものもあります。

子規が提唱し、茂吉によって受けつがれた意見ですが、日本の詩歌は古今、新古今のような王朝的雅びはくだらないマナリズムの紋切調で、全て万葉に復帰すべきだということがしきりに主張され、アララギの人達は皆、万葉を聖典のようにあがめて万葉風のレアリスムを日本の短歌の一番高いものだと考えていました。

ところが明星グループは、万葉のような荒っぽくて俗受けするようなのは駄目で、やはり古今、特に新古今にかけての平安の雅びというものを、現代に生かすことが文学の道であり、詩の一番大事なことだという立場から、実に艶麗な感情・心理を歌うわけです。しかし、それはなかなか素人受けしないし、素人が真似るのも少し無理なんです。そこにアララギの人気と明星の不人気の原因があった。つまり、ちょっと歌でも詠もうと結社へ入っても、アララギ系の結社だと簡単に歌が作れるのに明星系だとなかなか作れないんです。かなり高度な技巧を学ばなくてはならないし、普通の現実描写のできる程度の感情では、ああいう宮廷的雅びというものは出せない。そこで、明星がアララギにおされてしまうわけです。

しかし折口信夫はこの明星グループに接近していく。このグループのチャンピオンといえば、創始者鉄幹の妻晶子ですが、もう一人大変な才人が出てくる。それが北原白秋です。

日本の近代短歌を手っ取り早く頂点で極めようと思ったら、茂吉と白秋の歌集を読むことです。近代短歌の到達したレヴェルがよく判ります。

しかも白秋の場合は、短歌の詩人としての仕事だけを初めからしていたのではなく、新体詩系の詩人としての仕事もしていて、最後まで両方の形で詩を書き続けました。読み比べると実にはっきりするんだが、いつの時代でも短歌の方がすぐれている。特に今日読み返してみると、明治の終りに書かれた、近代詩集の『邪宗門』とか『思ひ出』なんかは読むに耐えませんね。ところが歌集の方は、初期のものもいいけど、特に晩年の『黒檜』と『牡丹の木』、この二つはすごいもので戦後に出た茂吉の『白き山』という歌集と、兄たりがたく弟たりがたいというのが、ぼくの評価です。

こういうものを読むと、『若菜集』以降の日本の近代、現代詩人がすごい仕事をしたとはいえ、とてもこれにはかなわないということが判ります。例えば朔太郎の『月に吠える』でも『氷島』でもいいですが、それがすごいといっても比べてみると、千数百年の伝統をもろに背負いながら近代的情感を盛り込んだ天才歌人の仕事が、いかに驚くべきものかということが骨身にしみます。以前「茂吉と朔太郎」という一文を書いて、なんとか朔太郎を持ち上げようとしたことがありましたが、いかんせん駄目でした。結局茂吉の方が上だったと認めざるを得なくなったことを思いだします。

日本の短歌の千数百年の歴史の内に、三つの峰があるという人がいます。一つは万葉の時代。一つは古今から新古今の時代。それから最後が明治以後の近代短歌だというんです。もちろん異論の余地もあると思いますが、子規の「藤の花」の連作あたりから始まって、アララギ系の歌人、それに与謝野晶子の仕事を含めて大正末期あたりまでの歌人の仕事は、万葉、古今、新古今に匹敵するかどうかは別として、江戸、室町時代の短歌に比べるとはるかにすばらしい内容と高さを持っていることはたしかでしょう。

ところで折口信夫は、アララギから出て白秋に接近します。白秋も折口の仕事は勿論認めていて、その苦しみや悩みも充分理解していたので、それではと一緒に「日光」という詩の雑誌を大正の末に出します。それが丁度、『海やまのあひだ』を出す直前になります。

そのあとに折口信夫は有名な論文を書きます。俗に「短歌撲滅論」といわれていますが、正確な題は「歌の円寂する時」という。「円寂」というのは仏になる状態、つまり死ぬことをいいます。この論文で彼がいっているのは、結局短歌というものは今や滅びるもんだ、滅びなきゃいかん、もう短歌では現実世界、現代の社会に生きている人間の悩みとか苦しみとか喜びとか、そういうものは表現できないんだという、短歌への絶望なんです。しかし、これは単純な絶望論や撲滅論ではない。短歌というものは万葉以来、絶えず円寂、滅亡の危機に襲われてきているのであって、それを率直に受けとめるかいなかによって歌の生き死にが決定するといった、死中に活を求めるような逆説的な考え方をエッセーの中で出しているんです。

それをうけて、たとえば『海やまのあひだ』の中に「供養塔」という連作詩があります。これもやはり旅の途中で、しばしば目にした馬頭観音を歌ったものです。

供養塔

数多い馬塚の中に、ま新しい馬頭観音の石塔婆の立つてゐるのは、あはれである。又殆、峠毎に、旅死《ジ》にの墓がある。中には、業病の姿を家から隠して、死ぬるまでの旅に出た人のなどもある。

人も　馬も　道ゆきつかれ死にゝけり。旅寝かさなるほどの　かそけさ

道に死ぬる馬は、仏となりにけり。行きとゞまらむ旅ならなくに

邑《ムラ》山の松の木《コ》むらに、日はあたり　ひそけきかもよ。旅びとの墓

ひそかなる心をもりて　をはりけむ。命のきはに、言ふこともなく

ゆきつきて　道にたふるゝ生き物のかそけき墓は、草つゝみたり

一首一首も悪くないんだが、この五首を読み続けてみると、そこに、ひとつの詩的世界ともいうべきものが、見えつ隠れつしながら、しかも、厳として存在するのが、よく判ると思います。

まず最初は詞書きをちゃんと読んでつかんでおくこと。そこで一首目は、一種のペシミスティックな抒情といえばそれまでだが、二首目になると単なる抒情じゃなくて、むしろメタフィジカルな、馬になぞらえた人の生死への洞察がなされ、三首目ではいわゆる伝統的な短歌的抒情にもどり、四首目においてそういう伝統的抒情をうたいながら、二首目に

似たそれまでの抒情ではうたえなかった生と死のメタフィジカルな世界の証明をしている。そして最後は、馬頭観音をあるがままに歌ったもののようにも読めますが、続けて読むと単なる叙景とは読めなくなる。それで詩的世界という言葉を先に使ったんですが、その詩的世界が一つの円を描くようにして完結した輪郭になる。そういう効力を五首目はもっているんです。

歌というものは本来連作ではない。一首一首で完結したものが歌です。ところがここでは、連作ということが一首完結という歌本来のあり方を崩している。詞書きは昔からあることで、こだわる必要はありませんが、この連作は同じような次元でうたっているのではなくて一首目と二首目では全然違った視点、情感をうたうという風な、非常に変化に富んだ言葉の動き方、運動の仕方をしているんです。

こういうことは伝統的な短歌のあり方、約束事を破壊しているわけで、これこそまさに折口信夫がこの歌集を出した直後に言った、「歌の円寂する時」の実践なんです。

さらにそれが次の歌集『春のことぶれ』になると、もっと実験的というか、大胆な冒険を行っています。『春のことぶれ』が一冊にまとまったのは昭和五年ですが、実際に書かれたのは、大震災の直後の大正末期から昭和の始めにかけてです。

その中から選んだのが「冬立つ廚」と「先生」の二つです。『海やまのあひだ』をとるか『春のことぶれ』をとるかで、折口ファンの間でよく議論がありますが、いまはそれには触れないことにします。ただ、『海やまのあひだ』にはユーモアがないんだが、『春のことぶれ』には現代の生活からにじみ出てくるユーモアがある。『海やまのあひだ』は喜びも悲しみも伝統的な抒情に即したもので、そういう点、自然な新しさがあるが、『春のことぶれ』の方はその点少し無理をしているところがある。しかしその無理こそが、ある意味で折口信夫が短歌の円寂を心に決めて、その中から新しい詩的遺産をどういう風に造形し直すかという、苦心のしどころだったと考えられるんです。

折口信夫ほど短歌に対して厳しい自己批評をもっていた大歌人はいなかったし、短歌に限らず、彼は伝統的な遺産に対して非常に厳しい批評眼を働かせていました。従ってというか、彼としては、日本の詩のありかというものを、短歌、俳句、それから明治以来の新体詩、そういう全体の枠の中で表わすべきだと考えていたんです。

冬立つ廚

くりやべの夜ふけ
あかあか火をつけて、
鳥を煮　魚を焼き、
ひとり　楽しき

はしために、昼はあづくる
　くりやべに、
　　鍋ことめける
　この夜ふけかも

米とげば、手《タナ》ひら荒るれ。
　今はもよ。
この手を撫で、、
　誰かなげかむ

年かへる春のあしたは、
四十《ヨソヂ》びとぞ
　と　思へど、
我は、たのしまざらめや

物ら喰ひ

腹のふくれて　たふれ寝る
われをあはれぶ人
　或はあらむ

人の世の嫁が　とりみる寒き飯
底《ソコ》れる汁に
　飽かむ　我かは

物見れば、
見る物ごとに、喰はむと思ふ。
むべ　わが幸《サチ》も
喰ふに替へつる

　前《サキ》の世の　我が名は、
人に　な言ひそよ。
藤沢寺の餓鬼阿弥《ガキアミ》は、
我ぞ

過ぎ行ける　左千夫の大人は、
　牛の腹の臓腑《キモぐ》を貪《マボ》り
　よろこび給ひき

物喰《ハ》みの
一期《イチゴ》病《ヤマ》ひに足らへども、
かそけく
心　うごくことあり

胃ぶくろに満たば、
　嘔《タグ》りて　また喰はむ。
あき足らふ時の
　あまり　すべなさ

折口信夫は一生独身でしたが、お弟子さんの話などによれば食道楽で、たすき掛けして家事を色々できる人だったらしいから、かなり手の込んだ料理も作られたようです。この詩は、そのことを半ば自嘲気味に、半ばユーモラスにうたっている。

大体ユーモラスなんだけど、所々、さすがに大学者だけあって、我々の知らない古事記や万葉時代の言葉を使っていますが、これはペダンティックなアルカイスムではない。ユーモラスさを引き出す一つの手立てなんです。

何より面白いのは、日常生活のディテールを細かくうたっていることで、当時の短歌は勿論、いわゆる新体詩系の詩の中でもこういうのはありません。俳句も、もちろん、生活のディテールをうたいますが、瞬間に凝縮してしまい、ディテールのディテールとしてのおかしさが別の次元へ移ってしまいます。この「冬立つ廚」には小説の小部分と全く同じようなディテールが出てくる。しかもそこに何となしにユーモアがあるんです。ちょっと風変わりな生活をしているのを他人が笑う、それをもう一遍笑い返してやりたいという、かなり複雑な笑いのやりとりが、この中にはよみ込まれています。

これこそ非常に大事なことで、当時としても珍しく、日本の詩的言語がそういうユーモアを持ったわけです。言葉の遊びが大胆不敵に使われていますね。その上、荘厳・風流なものをうたうのが大筋になってきた、五七五七七という日本の古い定型詩の形式を使って、こういう内容をうたうことで一層ユーモアが屈折した形で出てくるんですね。

全部の聯が歌の形になっていますが、この場合、十一の短歌の連作と考える必要はない。短歌らしさを殆んど失いながら、音律の点だけで短歌になっているのであって、これはもう現代風景・生活を歌った詩です。
この三十一の音律を使った連作詩を、より大規模にドラマチックにしたのが「先生」という作品です。

先生

亡くなられた三矢重松先生の病気の、いよ〳〵重つた頃、ひとり、箱根堂ヶ島の湯に籠つて、先生を記念するための、ある為事に苦しんでゐた。

山川《ガハ》のたぎちを見れば、
はろ〴〵に
満ちわかれ行く　音の
かそけさ
山川の満ちあふれ行く
色見れば、
命かそけく
ならむとするも

夕かげに
　色まさり来る山川の
水のおもてを
堪へて見にけり

山川のたぎちに
　向きてなぐさまぬ
心痛みつゝ
　人を思へり

岩の間のたゝへの　水の
　かぐろさよ。
わが大人は
　今は　死にたまふらし
風ふけば、みぎはにうごく

花の色の
　くれなゐともし。
ゆふべいたりて
月よみの光りおし照る　山川の水
磧のうへに、
満ちあふれ行く
　夕ふかく
瀬音しづまる山峡《カヒ》の
　水に、
ときたま
　おつる木の葉あり

　先生、既に危篤

この日ごろ

心よわりて、思ふらし。
読む書のうへに、
　洟おちたり

わが性《サガ》の
　人に羞ぢつゝもの言ふを、
この目を見よ
　と　さとしたまへり

学問のいたり浅きは
責めたまはず
　わがかたくなを　にくみましけり

憎めども、はた　あはれよ
　と　のらしけむ
わが大人の命《イノチ》
　末になりたり

先生の死

死に顔の
あまり　空しくなりいますに、
涙かわきて
　ひたぶるにあり

ますらをの命を見よ
と　物くはず、
面わ　かはりて、
死にたまひたり

詞書きに出てくる三矢重松という方は、折口信夫の國學院時代の恩師です。その恩師が亡くなる経緯をかなり細かく順序立てて、それぞれの詩のトーンを少しずつ変えて書いていく。トーンとは先生の死を聞いた自分の気持ちの反応です。刻一刻と切迫していく感じ。亡くなってからの茫然とし悲嘆にくれる思い。そして後を託された自分の決意。これはまさに私小説的なものなんだけど、簡単に日常性に還元できるような安っぽいものじゃありません。しかも、「冬立つ廚」と違って、自分のかけがえのない恩師の死をうたう為に、荘重な祝詞を彷彿とさせる詞と調子を至る所に入れているんです。「山川《ガハ》のたぎちを見れば」以下の部分は祝詞の調子に非常に似たものであり、それが「風ふけば、みぎはにうごく」以下では王朝風のトーンに変わる。「冬立つ廚」に比べて、短歌の遺産を大規模に使ってますし、パロディックなものではなくて、折口さんの心の中から素直に表現した歌ですから、「冬立つ廚」を「詩」だといった意味からいえば、これはむしろ「連作歌」といった方がいいと思います。

折口信夫の戦前の仕事のなかで、『海やまのあひだ』はれっきとした短歌集です。それに対して『春のことぶれ』は音数律に還元すれば、短歌の組み合ったものであっても、この二つの詩でみたようにこの集の連作歌は前の集の連作歌とは、形式の上からも、特に内容の上で違った趣をもっています。『海やまのあひだ』が伝統的な歌の視点からみて、新しい感受性が表現された完成度の高いものとすれば、『春のことぶれ』は形式的には短歌の形をとりながらも、明らかに短歌とは違ったものを狙うという実験性を持っている。もう短歌なんか問題ではなくて、新体詩以降の日本の詩の主流になりつつある近代詩、現代詩系統のものに対する挑戦であるわけです。

大正六年（一九一七年）に萩原朔太郎の『月に吠える』が出て、口語自由詩型が確立し、次々に口語自由詩の作品が書かれ、『春のことぶれ』が出た昭和五年（一九三〇年）の三年後には、今なお古びることのない革新性をもった、西脇順三郎の『Ambarvalia』が陽の目をみている。そういう日本語の詩的言語の激動期にあって、歌というものを唯一の詩的言語として詩人の仕事をしてきた折口信夫は、短歌の形式を基本に守りながらも、これだけ実験的なことをせざるをえなかったんです。

率直に言って、これらの連作詩は成功した詩作品とはいいがたい。どうしてもアナクロニズムが付きまとう。それがおかしさを誘うにしても、やっぱり時代とずれているという感じは否めませんね。その点で実験が本当には成功していないことになるんです。しかしそれはそれとして、折口信夫という時代を画する歌人が、そういう大胆不敵な実験をしたということは忘れてはならないと思います。

この後しばらく、歌集も詩集も出ないんですが、戦後になって矢継早に出されたものの中で、大事な詩集、歌集が三つあります。昭和二十二年（一九四七年）の『古代感愛集』、二十七年の『近代悲傷集』、それから三十一年の『現代襤褸集』。これらは古代、近代、現代と意識して書かれたもので、『現代襤褸集』は二十八年に折口さんが亡くなってから数年後に出たものですが、その構想は生前、半ば決まっていたもので、作者の意図を無視した、勝手な出版ではありません。

それと忘れてならないのは、小説ということになっていますが、詩作品ともいえる昭和十四年発表の『死者の書』です。十八年に本になり、戦後版が重ねられています。現在、折口信夫の文学作品で『死者の書』を読むのがまず一番大事なことだと考えられていますが、作品そのものが騒がれる割に案外気付かれていないのは、雑誌掲載時と本になった時とでは、章が入れ替っているという事実です。雑誌では第二章だった部分が、本では第六章、第七章になったり、その他、いろいろと配置転換が行われていますが、そこに作者が、この小説の核ともいうべき時間のポエジーをどう考えていたかをまさぐる手がかりがつかめるはずです。

これは歴史小説というより、抒情的な瞑想小説、哲学小説だといえる。作品全体がポエティックな書き方、つまり、詩的なイメージやヴィジョンで覆いつくされているんです。そしてこの小説の一番の眼目は、生きているうちにいかにして極楽浄土をヴィジョンとして捉えるかという、観想術なんです。つまり『死者の書』は変な意味でなく、学者折口信夫の古代研究のかなり高次な絵解き小説だといえます。学術論文ではポエティックな飛躍にも限度がある。しかし文学作品ならばそれが許される。その飛躍こそがまさにポエティックなものなんです。

『死者の書』と戦後に書かれた詩の幾つか、たとえば『古代感愛集』の「香具山にのぼりて」、『近代悲傷集』の「陸羽西線」、『現代襤褸集』の「水底」といったものと比べると、それなりに現代風景なり生活なりを歌っていても、五七調のイメージと、独特の詞遣いが生み出すアナクロニックな面白さを感じてしまう点、先にもふれたようにこれらの詩にはもの足りない所があるんですが、『死者の書』にはそういう不満がないんです。読み始めると、いきなり日常的な現実観念が全くきかない、折口信夫のポエジーの世界である古代に連れ込まれてしまう。だから折口さんのどの詩的作品よりも、『死者の書』の方が詩的な効果が発揮されていると言っていいんです。

日本の小説の中でもこれ程、その形式の中で詩的なものが威力を持った作品はないでしょう。『死者の書』における詩的なものが、小説とどこまで係わりあうのかという問題を究明しない限り、日本の詩と小説との係わりあいという問題に決着をつけたことにはならないだろうと思いますね。

最後に先にあげた「水底」ですが、これは昭和二十六年「國學院雑誌」に発表されたものです。ここには戦中から戦後にかけての折口信夫の内面の苦しみ、それがようやく澄み切った心境の中でもう一度再現されている。丁度澄み切った水面に外界の山とか木がそっくり映っているような、そんな透明な明るさと輝きを持った詩です。

この心境は詩人折口自身のものでもあるし、日本、日本人の本質を究明する、契沖あたりからつながった、一般には国学といわれている、日本学の学者としての折口信夫のものでもあるわけです。この詩は、折口さんの亡くなる二年前のもので、ある意味で遺言の詩といってもいいと思います。明鏡止水の境地で自分の生涯をふりかえりながら、自分のしてきたことは何であったかということに対する感慨と愛着。その愛着も恋々とベトついたものではなく、いつでも突っ放せる、自信となって現れている。しかもそれは個人的な自信ではなくて、自分に続く人々にもそれなりに適用できるという思い。そこにすがすがしさがあるんです。

この詩にも、アナクロニズムといえばいえる詞が至る所に使われていますが、もうそういう問題を通りこしていますね。

水底

静かに澄み
うち黙《モダ》す水底の　おもひ―
けぶりつゝ　光り来る
いにしへの　おもひ―
日本の浄き　韻《ヒヾキ》
彫《ヱ》るごとく　匂《ニホ》やかに
撫づるなす滑《ナメ》らかに
さやかなり　日本のことば―。

わが心　こゝに生き
わが命　これに璽《オシテ》す。

みな　きたなきものは　亡びよ。
すべて　いぶせきものは　去れ。

高く　新に
日本の学　蘇《ヨミガヘ》り
日本のおもひ　再あらむ――

すさのを　我
祖々《オヤヽヽ》をうり、
悔いて　我《ワレ》
裔《コ》らのため　贖《アガナ》はむとす。
おほくにぬしの智慧
川鴈　網をのがれて
きはみなく　飛び、

赤肌　すでに　癒えて
ほしいまゝなりや。菟《ウサギ》—
あゝ　自由　今ぞわが手に—

あゝ　誰かすくひし
日本の　心
新しく　再　こゝにあり—
岩に鳴る微風《ビフウ》—
あないみじ。
藝文のしづかなる　おとなひ

佐藤春夫

佐藤春夫は一八九二年（明治二十五年）に生まれ、一九六四年（昭和三十九年）に亡くなりました。彼は一応、今でも知られている文学者で、前々回の久保田万太郎より三歳年下、前回の折口信夫よりは五歳も年下ということになります。彼の作品で一番よく知られているのは、『田園の憂鬱』という小説で、すぐ後に、対になって、『都会の憂鬱』という作品が書かれました。これは『田園の憂鬱』に比べてあまり出来が良くなく、昔からそれ程読まれていない。佐藤春夫は小説家でもあり、詩人でもあり、批評家でもあるという、大変、多才な文人だったんです。才という点では、明治以来日本の文学者の中で最も才気煥発だったのではないか。それでかえって、詩なら詩、小説なら小説といった或る特定のジャンルに自分の才能を集中させる事が出来なかった。むしろ、多才さを拡散させてしまったウラミがないでもないですね。

佐藤春夫の代表作は何かといえば、僕はとりあえず、『田園の憂鬱』を挙げますが、やはり詩が一番よろしいという考え方に大いに心が動き、そうなれば『佐藤春夫詩集』第一といわざるをえません。また、人によっては、『退屈読本』というエッセー集を最高だと言い切る人もいます。これは、いわゆる普通の随筆あり、本格的な文芸評論あり、また茶飲み話程度のゴシップや雑文類ありで、実に面白い文集です。こういう次第で、とにかく佐藤春夫の文業には、焦点がはっきり定まらないところがあるんです。そのために、今の若い人達には、彼は案外印象が薄いんじゃないかと思うんです。しかし、この人はいわゆる大正文学のチャンピオンなんです。

大正文学というのは、芥川龍之介、志賀直哉、谷崎潤一郎、さらに室生犀星、宇野浩二、前々回の久保田万太郎、こういった人達が作った文学ですが、いずれも、二十代の後半から三十代初めの人ばかりです。大正文学は、日本の近代文学史中、珍しく非常に安定した、ロココ的な、こぢんまりとしたものなんですが、それでいて、結構、振幅があり、目が詰んだ作品が多い。読んでいると自然に心が安まってくる豊かさがあるんです。つまり、明治以来の日本文学によるヨーロッパ文学の摂取、これが一段落して一息ついた、そういう感じの文学です。佐藤春夫の文学は、まさにこの代表といっていいものです。

佐藤春夫は、久保田万太郎が東京人、折口信夫が大阪人である、というのとは違い、関西は関西でも和歌山の熊野、新宮の出身で、代々続いた医者の出です。しかも、その医者の家系がなかなかの文人だった。つまり、文人的な気質をもった家柄に生まれたんです。

和歌山県というのは、昔の紀伊と熊野の二国が合わさった土地で、紀伊は割合、人気《じんき》が柔らかで雅びに近いが、熊野の方は海が非常に荒く、山地も険しい。紀伊とはかなり違った独特の野性的な気風を持っていて、今の若い作家では、中上健次がいますね。彼も同じ新宮の出身で、熊野を舞台に次から次へと書いて人気を博している。中上と佐藤は同郷であるにもかかわらず、生まれ育った背景が違うため、外目には共通したものが殆ど認めにくいかもしれません。しかし、よく見れば、気風の荒さという点でつながります。

こういった土地柄に生まれた佐藤春夫は、東京に出てきて慶應大学に入った。その頃の彼は、いっぱしの新進詩人、と言うのが過ぎるなら、将来を嘱望されている詩人として、すでに一部の人達から注目されていました。というのも、前にお話しした与謝野鉄幹、晶子夫妻が、新詩社という結社をつくり、短歌や詩などでよく知られている「明星」という雑誌を出していて、佐藤春夫はその一員として、すでに、めざましい仕事をしていたからです。そして、大学時代にこれも新詩社の若手詩人というか、歌人だった、堀口大學と間接的に知り合い、生涯、莫逆の友としてつき合った。

このように、与謝野夫妻の庇護下で詩人として出発した彼らは当然、アララギ系の文学観とは全く対照的といっていい、別のポエジーの道を歩き出すわけです。新詩社の文学、ポエジーの中核は、いわゆる自然主義的傾向に反発した耽美主義的ロマンティシズムであり、これが佐藤の天分とうまく結びついた。そして彼は、以後これを受け継ぐわけです。

詩においても、小説においても、或いは評論においても、生涯、反自然主義的立場を貫いたのです。同様に詩こそ書かなかったが、谷崎潤一郎がそうであるし、芥川龍之介もそうです。

つまり、佐藤春夫は大正文学の唯美主義的、耽美主義的ロマンティシズムを代表したと言えます。逆にアララギ系の小説でいえば、自然主義から私小説へという傾向がまた一つの大正文学のバックボーンになるわけですが、その代表はいうまでもなく志賀直哉。それから、宇野浩二という人がいますが、この人は両棲類的で、一見、自然主義的私小説の系譜に属するかのように見えます。しかし実は、非常にロマンティックな感傷、感情の細かい起伏といったものを書く、そういう魅力のある作家です。これに比べて、やはり志賀直哉の私小説は歴とした自然主義系のもので、これが大正文学にうまく結びつく。

当時はジャーナリズムの商業主義が、今みたいに高度なメカニズムで発達していませんでしたから、作家一人一人の交友関係が即、文壇となっていました。それがまた、彼らの文学創造に刺激を与えるといった、ゲゼルシャフトではなくてゲマインシャフト的な、利益社会というより家族社会のような風潮が極めて濃厚だったのです。それが良いか悪いかは別として、その中で自然主義的私小説も、ロマンティックな唯美主義文学も、うまくバランスがとれていたのです。

大正期を通じて、佐藤春夫の文名は高まってゆくわけですが、その時流に乗って、彼は長篇小説を何篇か書いています。しかし、これが全て失敗作でして、やはり小説家が大成するためには、長篇小説を書くしかないという事は自明の理です。芥川が、あれだけ短篇ばかり書いて文名を不動にしたというのは、奇蹟に近いんです。彼の短篇が、水際立ったテクニックと題材の面白さをもっていたからで、他の人にはなかなかそうはいかない。だから大正文士に限らず、すでに自然主義の登場以来、作家は長篇小説で勝負したんです。たとえ、自伝をそっくりなぞったとはいえ、島崎藤村だって徳田秋声だって、みな、長篇小説を一生懸命書いたのです。

志賀直哉のように、本来、長篇には無縁の才能の持ち主でさえ、やはりこの時期に自伝的な題材を使って『暗夜行路』という長篇を書いている。そして大変な文名を得たわけですが、これは言うなれば張子の虎で、今読めばどうって事はない。それどころか、僕など退屈で読むのに何週間もかかりました。だから、自分には文学や小説は解らないんじゃないかと、劣等感に襲われたこともありました。この頃はあまり誰も読まないらしいけれど、昔は『暗夜行路』こそ文学青年の金科玉条で、これに熱中し論をなすというのが文学青年たる証だった。いつの時代にもあるでしょうが、今は大江健三郎ということになりますか。

それで、佐藤春夫の書いた長篇というのを名前だけ挙げておきますから、興味のある方は読んで御覧なさい。『神々の戯れ』『この三つのもの』『更生記』。この三作が大正末年から昭和初年にかけて書かれた。ところが、一応完結しているように見えて、結局は小説として体をなしていないんです。中には、作者自ら中途でシャッポを脱いでしまった、中断作品としか言えないものもある。

それよりも、この時期に、佐藤春夫の小説、散文作品の代表ともいうべきものがあります。題は『女誡扇綺譚』。奇妙な題ですが、台湾を舞台にした一種の怪奇小説です。といっても、今日びの読者には、なんだ、子供騙しのミステリーじゃないかといわれるかも知れない。彼はこの小説を書く直前に、台湾を旅行するんですが、今と違って当時の台湾は日本の植民地でして、そこを回るうちにいろいろな事を見聞きして材を得たのでしょう。エグゾチックな台湾の風景を背景にして、幻想とも実話ともつかないような話が非常に目の詰んだ文章で書かれている。構成もしっかりしています。しかし、何よりも彼のお家芸であるポエジーが全篇に漂っていて、それが夢とも現ともつかない人間の想像力の領域をうっすらと覆っている。その具合が実に良いんです。これは、やはり彼の全生涯を通じて第一等の傑作でしょう。

『田園の憂鬱』は、確かに有名です。いや、有名であったというべきですが、そして今読んでも、それなりに肯ける点もあるわけですが、果たしてこういうものが小説と呼べるのか、今の読者なら疑問でしょう。

この小説の舞台は、小田急線の秦野の近くのようですが、当時は農家が疎らに建っているばかりで、都会の人など殆んど居なかった。そこに佐藤と一人の女優が駆け落ち同然で住んでいるわけです。その間の生活経験を主体にして、ポエティックな文章に仕立てあげた作品ですが、これは、小説の文体というよりは、散文詩のそれによって一貫しています。しかし散文詩にしてはあまりにも長過ぎる。中篇小説の分量は優にあります。ところで、その内容ですが、男と女が一緒に住んでいて、女の方が時々ヒステリーを起こす。すると男は家を飛び出して、近所の田園をうろつき、憂さを晴らすわけです。そんな事だけで、あまり事件らしい事件も起こらない。ですから、小説というにはあまりにも平板で、ただ、文章だけが異様に鋭くて魅力に富んでいるんです。つまり、全篇にポエジーがみなぎっているからなのですが、ポエジーというのも、やたらにあっても仕方ない。かえって、そのために作品の構成がまとまらず、小説としての体が十分とのわないのです。

もう一作、小説で優れた作品を挙げるのならば、『この三つのもの』。これの魅力も、ポエジーがうっすらと全篇を貫いている事で、それが作品の構成とうまく絡み合い、さらに描写の裏づけになっている。

要するに、佐藤春夫という人は、小説を書きながらも、詩人である自分を突っ放せなかったんですね。

ですから、彼にとって長篇小説を書くことは「詩人」を酷使して書いたという事になるかもしれません。というのも、長篇小説というものは、稀にそういうケースが無いわけではありませんが、一般には、詩と訣別して成り立つものです。詩とかポエジーにしがみついているうちは長篇小説は書けない。それは、レアリスムに徹せられないからとかではなく、長篇の構造というものがなまじっかなポエジーを排除してしまうからです。しかし、長篇小説に失敗したということは、詩人佐藤春夫にとって不名誉なことではないと思うんです。

ところで、『この三つのもの』ですが、これも中断作品です。その理由として、春夫が長篇に不得手だった事、それと、題材に問題があります。題材についていえば、この小説を書く三、四年前から彼は親友の谷崎潤一郎の奥さんと恋愛関係にあったんです。今考えれば何でもないが、二人共有名人という事で、当時は世間も放っておかなかった。谷崎と奥さんは恋愛結婚なんですが、どうもいろいろな点で性格が合わない。それに春夫が同情を寄せ、二人の間に恋愛感情が芽生えたという具合です。谷崎も最初は、そういう事ならば自分は身を引こうと言っていたのですが、後になって引っ込めて、佐藤は親友である自分の妻を盗む不徳漢であると言い出した。それが世間にも漏れ、なにしろ大震災前の儒教的倫理が支配した時代ですから、佐藤は立場が悪くなったんですね。それで、この事について弁明するために書いたのが、この小説なのです。また谷崎は谷崎で親友のために妻を奪われようとしている男の話を小説にした。ところで、この背景には、自分の一番追いつめられた生の情況を、出来る限り赤裸々にあるがままに書くことこそ、文学精神の大いなる発露だという、自然主義以来の無茶苦茶な理論があったんです。これは、ヨーロッパの自然主義を読み違えたというか日本流に解釈した理窟です。その波に乗って、島崎藤村も姪と肉体関係をもった経緯を、その発端から後始末に至るまでを小説にしましたが、『この三つのもの』もそういう意図というか、文学系譜の下に書かれたわけです。結局、佐藤と谷崎の問題は昭和五年に、めでたく収まります。

佐藤はその後ずっと文壇の重要なポストにいて権威を揮い、作品の方も亡くなる迄書き続けたのですが、大変残念なことに、初期、あるいは中期の仕事を上回るようなものはありません。とすれば、不本意ながら、『田園の憂鬱』あたりをとりあえず、質量、それに詩と小説との兼ね合いということを考え合せ、一応の代表作とよばざるをえないかもしれません。しかし、それよりもいっそのこと、彼の文業の中で今も読むに耐え、残るべきものは詩作品、と言い切った方が話がはっきりします。

詩集は決して多くないんです。厚めの本一冊に充分入る程度ですが、代表的なものは、大正十五年の『佐藤春夫詩集』、昭和六年の『魔女』、昭和四年の『車塵集』、この三つでよろしいでしょう。戦後に、例えば『佐久の草笛』というのがありますが、戦争中、佐藤の疎開先だった佐久で作られたもので先の三篇の焼き直しといったところです。新しい発展は見られないと断定して構わないでしょう。
　さて、佐藤春夫のもっとも有名な詩篇「秋刀魚の歌」は、『佐藤春夫詩集』に収められています。

あはれ
秋風よ
情《こころ》あらば伝へてよ
――男ありて
今日の夕餉に　ひとり
さんまを食《くら》ひて
思ひにふける　と。

さんま、さんま
そが上に青き蜜柑の酸《す》をしたたらせて
さんまを食ふはその男がふる里のならひなり。
そのならひをあやしみなつかしみて女は
いくたびか青き蜜柑をもぎて夕餉にむかひけむ。

あはれ、人に捨てられんとする人妻と
妻にそむかれたる男と食卓にむかへば、
愛うすき父を持ちし女の児は
小さき箸をあやつりなやみつつ
父ならぬ男にさんまの腸《はら》をくれむと言ふにあらずや。

あはれ
秋風よ
汝《なれ》こそは見つらめ
世のつねならぬかの団欒《まどゐ》を。
いかに
秋風よ
いとせめて
証《あかし》せよ　かの一ときの団欒《まどゐ》ゆめに非ずと。
あはれ
秋風よ

情あらば伝へてよ、
夫を失はざりし妻と
父を失はざりし幼児とに伝へてよ
——男ありて
今日の夕餉に　ひとり
さんまを食ひて
涙をながす　と。

さんま、さんま、
さんま苦いか塩つぱいか。
そが上に熱き涙をしたたらせて
さんまを食ふはいづこの里のならひぞや。
あはれ
げにそは問はまほしくをかし。

非常に口あたりがよく、言葉の流れはいいですね。基本になっている音は五音と七音で、「あはれ」のような三音がそこに時々入ります。このように古い音律があるわけですが、もっと古いものがここにはある。しかもそれを恥かしげもなく出している。それは、言葉遣いです。「あはれ」「情あらば伝へてよ」こうした文語調がいくらもある。それからもう一つ古いのは、全体に流れているセンチメンタリズム。今お話しした事件を考えてみるのもいいでしょう。つまり、人妻と妻に棄てられた男が貧しい、借家みたいな所に住んでいて、金も無い。さんまでも食って夕餉を済ます。しかも子役までついています。「愛うすき父を持ちし女の児は／小さき箸をあやつりなやみつつ」芝居でいえば、子供を使っての泣かせ場、そういう古いセンチメンタリズム。だからアナクロニックと言えばそれまでですが、にもかかわらず、今読んでも充分、読むに耐えられます。それは何故かといえば詩的言語の単純さです。非常に日常的なんですね。第一、題材も夕御飯の場面、それも御馳走なら、かえって詩的処理が厄介になるところですが、さんまといえば小説にもあまり使わないような卑近な食べ物で、それに柚子の代わりにみかんなどかけている。こうした日常的な懐しさ、したたかさが最後まで溢れています。だから、全体がアナクロニズムに終らず、新しさ、おかしさに転換しているんです。これがこの詩の一番の魅力だと思います。始めに佐藤春夫は才気煥発な文学者と申しましたが、こうしたユーモア感覚を天性として持っていたんです。ここにあるのは自己憐憫のお涙頂戴的センチメンタリズムですが、これをユーモア感覚がちゃんと救っている。日本文学には笑いの要素というものがないわけではありませんが、文学の中に大きく出て活気づけるまでには至りません。やはり悪く言えばセンチメンタリズム、良く言えばリリシズムとなってしまう。これがヨーロッパ文学になると sense of humor が不可欠であり、特にイギリス文学には生得のものなんでしょうが、煩しい程出てくる。そういう点で佐藤春夫は素晴しい才能の持ち主です。最後の「さんま苦いか塩つぱいか」。なんでもない歌の一節のようですがちゃんと七と五音で出来ている。「そが上に」「ならひぞや」といったアナクロニズム。または「げにそは問はまほしくをかし」こうした文語調がセンチメンタリズムのべたべたした感じを救い、簡潔さ、おかしさを与えているわけです。ユーモア詩人としての佐藤春夫。このユーモアが次にお話しする堀口大學の訳詩、これを触媒として『魔女』を生み、さらに展開をとげていきます。

ところで彼の詩には問題点が二つ考えられます。彼の代表詩集である『佐藤春夫詩集』における定型詩と抒情、これが日本の近代詩の歴史の中でどういう位置を占めるのか。これが一つ。

もう一つは、口語自由詩型の時代がすでに始まっているにもかかわらず、あまりにも古風な定型詩の効果といったものを信じ、しかし結局は信じ切れずに言葉そのものに詩人として裏切られてしまったという事。そして彼はこういう無残な裏切られた状態を非常に正確に作品の上に表わしたというわけですが、この二つ目の問題、つまり詩的言語の悲喜劇は『魔女』中の「わが秋の歌」「カリグラム」「家出人人相書」といった作品に明らかです。

さて、大正文学というのは、小説家だけでなく、詩人、歌人、こういった人達も自由自在に同じ一つの文学的世界の中を出入りしていました。今の文壇、詩壇の在り方と随分違っていたんです。今はこの間《かん》の交流も殆んど無ければ、感受性の共通性といったものも認めにくい状態です。つまり小説と詩の乖離。これはきのう今日始まった事ではなく、昭和十年前後からすでに始まっていました。こうした事態は西脇順三郎によるモダニズムの出現が起因です。それ以来、文壇は文壇でもう詩なんか分からない、現代詩なんてものはもう詩でもなければ文学でもないという風にそっぽを向いてしまったんですね。詩壇も詩壇で、自分たちの高邁な実験の意味も作品の価値も、小説家のような俗な連中には分かる筈がないといった態度を示す。こういう乖離状態が戦争中から戦後にかけて拡がるばかりでした。今でも西脇順三郎の詩が大好きな人が、同時に井上靖の小説も好きだというような事は、まずあり得ないでしょう。しかし、大正文学の時代はそうではなくて、佐藤春夫もいれば宇野浩二もいる。さらに志賀直哉、芥川龍之介、萩原朔太郎、或いは斎藤茂吉、北原白秋、室生犀星なんかも加わって、詩も書けば小説も書くという事が普通の事として通用していたんです。読者の方でも茂吉も一生懸命読めば、芥川の新作も貪り読むというような事が極く当り前の事だった。ところで、一九二一年に佐藤春夫が『殉情詩集』を出すわけですが、その時はすでに萩原朔太郎が『月に吠える』を出しています。これこそは、日本の口語自由詩型を確立させた最大のアチーヴメントであって、その文学史的意味はいくら重視してもし過ぎる事はありません。今読んでも非常に新鮮な驚きがある。勿論、口語自由詩型というのはこの作品以前にいろいろな人が実験しているんですが、実験的段階に留っているとか或いは作品も密度の薄い言葉の使い方で止まってしまっていた。口語自由詩というのはつまり五と七を基本にした定型詩とは全く異なり、小説や散文とほぼ同じような言葉遣いを自由自在に駆使したものです。また、日常会話で使う言葉に非常に接近した言葉遣いで書く。例えば明治三十年辺りのまだ口語自由詩型が殆んど出ていない、詩といえば五と七の音で書く文語、或いは雅語定型詩といった時代には「銀行」などという言葉は使えなかったんですね。詩らしくない、非常に俗な感じになってしまうからといって、「近つ代の栄《さかえ》の宮」なんて言葉を使ったんです。今読むと、何が何だか解らない謎解きのようなもので、非日常的な雅語を五音と七音を使って書いたものでなければ詩ではないというような固定観念に囚われてしまっていたからです。これは千数百年の間、短歌で鍛えられた古典的形式主義が明治になっても引き継がれた結果でして、それを萩原朔太郎が打ち破り、銀行は銀行と書けばいいじゃないかと、『月に吠える』の中で堂々と実験し、成功を収めた。銀行どころかピストルがでてきたり殺人事件がでてきたりするわけです。こういう朔太郎のめざましい口語自由詩型の仕事が目前にあったにもかかわらず、春夫は依然として古い文語定型詩を基本にして詩を作った。佐藤春夫はその頃、朔太郎とはつき合い仲間で或る論争をしています。萩原は自分の詩を余りにも古風だ、二十年位古いと言うが、自分としては三、四十年も古いつもりでいる。それが自分の志す所であり、自分が一番尊敬している詩集は『若菜集』であると言い切るのです。この島崎藤村の詩集は明治三十年に出たもので、当時大変な評判になり、僕が文学書を読み始めた昭和十年代においても結構、愛読者がいました。僕は一遍読んで馬鹿馬鹿しくなってやめました。しかし僕は『破戒』以後の文学には熱中していた、いわゆる藤村マニアだったんです。それでも『若菜集』以下の詩集には御免蒙るという気持ちになった。何故なら今言った「近つ代の栄《さかえ》の宮」式の言いまわしが耐え難く、こういうものから詩が生まれる筈がない、単なる古い言葉の遊びに過ぎないんじゃないかと思ったからなんです。『若菜集』には少女の名前を主人公にした恋愛歌がいくつもありますが、こういう恋愛歌には無論、これ以前の日本の定型詩、つまり短歌や俳句、或いは明治初年の新体詩などには歌われなかった非常にみずみずしい感受性が息吹いています。しかし、それも結局、イギリスのロマン派の詩人達が歌ったものを適当に日本語、日本語といっても雅語を主体にした古めかしい日本語で言いかえただけなんです。ですから、多少原書を読んでいた僕は、雅語化されたそんなものを読むと、実にグロテスクな感じを受けた。折角のみずみずしさも何か厚化粧めいたものにしか読めなかったんです。

佐藤春夫はそれを良しとして、萩原朔太郎のように、『若菜集』がつくりだした和洋折衷の定型詩を破壊した、口語自由詩型の実験などには自分は全く興味がないと言ったわけです。これは春夫にとって半ば真実で半ば嘘だと言える。彼は、自分の詩の優れた点が『若菜集』と共通もしているが、反面異なってもいるとはっきり言っているからです。共通点、つまり五と七の音を基本にして、文語調、或いは日常会話とは違う雅語を使用している点においては、『若菜集』の系譜を守り続けていますが、詩の中に盛り込まれた感性は実に新しい。まあ、ありきたりの事を言えば、古い皮袋に新しい酒をもったという言い方がまさにあてはまります。これが「秋刀魚の歌」の中の「さんま、さんま」という、三音の呼びかけになるわけです。こういう事は『若菜集』には全く出来なかった。第一、さんまというもの自体、詩的なものとはとうてい言いがたく、『若菜集』でならこういう卑近な言葉を詩的な言い回しでしつらえないかぎり詩にはならないところです。そこを彼は平然とさんま、さんまと呼びかけた。ペーソスを歌いながらユーモアを混じえ、その結果ペーソスは一層パセティックになってゆく。これには当然、「あはれ／秋風よ」のような文語調が大きく作用し、また同時に、この古風な詠嘆調がなにがしかユーモラスなものに変容してゆくのです。『若菜集』の音楽というか、言葉の調べは、一言で言えば、江戸時代の後期に歌壇を支配した桂園派というグループの系統とみていいと思います。江戸後期にはいろいろな和歌の流派があって、その中で万葉集を尊重する派が力をもっていた。しかし、桂園派の源である香川景樹は古今集を尊重した派の人で、実際彼は古今集について、すばらしい注釈集を書いています。ですから『若菜集』も古今集の歌を考えれば良いわけで、あまりあくどくなく、雅びといえば雅びだが、薄味で京都料理のようなものなんです。心にくい込んでくるようなどぎつさは良い意味でも悪い意味でもない。藤村の父親がかなり幼い時からこの桂園派の詩風、歌風になじみがあり、それで彼も自然と歌のリズム感を身につけていました。それに、英語で読んだロマン派のキーツだとか、シェリー、バイロンなどの詩の中で歌われている恋愛謳歌の自我発見、恋愛の新しいイデーを接ぎ木した。つまり、『若菜集』の基本は、桂園派とイギリスロマン派の恋愛詩の接ぎ木といえばそれで済んでしまいます。

　ところで佐藤春夫の場合は、藤村と違って彼自身の感受性をそのまま生かしている。だから今読んでも新鮮だし、我々の心に訴えるものがある。『佐藤春夫詩集』がまとめられた数年後に書かれた詩篇に、「望郷五月歌」というのがありますが、「秋刀魚の歌」よりもさらに文語調を駆使しています。そして響き、音のリズム感に荘重でもあり、うっとりもするような抒情があって、非常に覚え易くなっていますが、これも五と七の音が基本になっている。こうした道具立てを背景として、幼少時代を過したという自分のノスタルジーがいろいろなイメージで表われてくるわけです。さて、この詩は題名通り、初夏の季節、五月に故郷を想う詩人のノスタルジーを歌っているのですが、大切なのは終始、熊野を客観化するための外側の目というものが用意されているという事。つまり、東京にいる詩人

の眼、東京という所に住んでいる詩人の位置というものが用意されている。まず、

塵まみれなる街路樹に
哀れなる五月《さつき》来にけり
石だたみ都大路を歩みつつ

とありますが、ここで詩人の視点、位置がはっきりと示されています。そして最後は、

荒海の八重の潮路を運ばれて
流れよる千種百種《ちぐさももくさ》
貝がらの数を集めて歌にそへ
贈らばや都の子等に

とある。最後の行が「都の子等に」で終っていますが、この様に終始、視点が都から離れていません。これが、この詩を単なる望郷センチメンタリズムに終らせていない理由です。例えば室生犀星に有名な、「ふるさとは遠きにありて思ふもの」という短い、単なる呟きの様な抒情があるが、「望郷五月歌」の場合はもっと大仕掛けな叙景、叙事を含んで

いるんですね。陽光に輝く色彩感満ち溢れた熊野。その情景を都会の詩人の視点と、熊野そのものの視点、このダブルフォーカスで描いている。この二つの視点の共存が、この詩の今尚変わらぬ魅力となっているんです。ですから、故郷喪失の文学などという事がよく言われますが、佐藤春夫は最後まで故郷を失わなかった。彼は自分の故郷について絶えず誇りを持ち、またそれを語った人なんです。自分は東京の文学者であるから詩人故郷に入れられず、というような所もなかった。つまり彼の生き方もダブルフォーカス的であったんです。

ところで、大正から昭和に入る頃になると、もう定型詩の五と七の音ではやっていけなくなり、またいくら新しい酒を盛ったとはいえ、古典的抒情だけでは歌い切れなくなりました。つまり、もっと別な感情、複雑な感情といったものを歌わざるを得ない状況になったのです。こういう状況下において成立したのが、『魔女』です。詩人の伝記に即して言えば、この『魔女』とは或るカフェの女給で、また文学少女でもあるといった女性で、ある時期、詩人が熱中した人物だといわれています。ですから、「秋刀魚の歌」のペーソスに満ち溢れた哀感、「望郷五月歌」のノスタルジー、などとは少し違った、言うなれば大人の抒情、単なる抒情とはいえないような、もっと別のポエジーがこの詩集にはあります。

まず、「わが秋の歌」

なやましく何を弾くぞも
へたくその秋のヴィオロン
むねふかく秘めたるものを
やかましき人の口の端

なやましくわが恋ふる子は
魔女なりと巷《ちまた》のうはさ
小うるさき祭の夜の
目くるめく夜店のあかり

魔女ならば人目をしのび
とくわれと逢曳に来よ

他人はあの女は危険だから近寄らない方がいい、と諫めてくれるけれど、自分はどうしても想いがつのるばかりだ、と。そういう自嘲的な思いを含みながら、魔女へ訴えかけているんです。しかし勿論、自嘲しながらも彼女に寄せる想いには絶ち難いものがある。それを表わしているのが、最後の「魔女ならば人目をしのび／とくわれと逢曳に来よ」。魔女ならば人の事など気にはならないだろう、ならば来ればいいじゃないか、と。つまり居直っているんです。このような居直り、自嘲、およそ素直な抒情ではない。そういう屈折した感情の動きを表わしているのが、最初の行の「なやましく何を弾くぞも／へたくその秋のヴィオロン」。読んですぐお分かりになると思いますが、これは上田敏が『海潮音』のなかで訳したポール・ヴェルレーヌの「秋の歌」のもじりです。字面《じづら》では、誰かが秋にヴァイオリンを弾いているんだが、それが下手くそだという意味ですね。しかし実は、上田敏が訳したような品の良い詩は私には書けませんというもじりでもある。ですから、この詩は『海潮音』のパロディという事がまずあって、何故パロディをやるかと考えながら読んでいくと、この詩全体の基本的な感情になっている自嘲の意味合いが分かってくるという仕掛けになっているわけです。また、先程も言いましたが、何故、自嘲しなければならないのかという、単なる愛情とは違う、複雑な感情、からだのうずきのようなものが非常にひそやかな形でだが、それだけに露骨にも出ている。一言で言えば、「秋刀魚の歌」や「望郷五月歌」と比べていやらしいんですね。勿論、「いやらしい」というのは「複雑な」という意味です。

それから次の「カリグラム」、

尋ね人新聞広告文案

こぞの雪　いまいづこ（春）

つまり、尋ね人広告文案をもじっている。そして何を尋ねているかというと、昨年降った雪は消えてしまったが一体、今何処にいるのかと。春が探しているぞと。春が尋ねる主体で、こぞの雪が尋ねる対象になっているパロディです。フランソワ・ヴィヨンという人に有名なバラードがあって、これはギリシャ・ローマ以来の歴史に名高い、或いは伝説に名高い美女を羅列したものなんですが、そのバラードにはルフランの **"Mais où sont les neiges d'antan?"** つまり、こぞの雪、いずこにありや、という意味ですが、これがどの詩連にもついていて、これを「カリグラム」はもじっているんですね。「わが秋の歌」とは違ってシャレた詩の遊びとでも言った方が良いかもしれない。こういう遊びはおよそ以前の「望郷五月歌」や「秋刀魚の歌」の抒情とは無縁なものです。こういう言葉の遊びのどこにポエジーがあるのかと言えばそれまでだが、これはこれでなかなかシャレている、軽く読めば読むでかえってポエジーが深まるようです。次の「家出人人相書」も似たようなものですが、これは単なる遊びとは言えないと思います。

三十歳の肉体を秘め
十七歳の情操を香はせ
柔和にして暴虐
能く暗中に化粧し　又
泣くこと巧みにして猫属なり
女の目には極めて不快
若き男の目にはまばゆし

この詩は「わが秋の歌」と同様、いやそれ以上に熱烈に、直接的な女への愛と情痴のどうにもしがたい想いを歌っています。しかも文語調を使い、物々しい漢語を所々に入れて勿体ぶった言い方をしている。それだけに滑稽感、おかしさが出ているんですが、それが「秋刀魚の歌」と同様、一層作者の切ない想いを伝えている。「女の目には極めて不快／若い男の目にはまばゆし」。かなり抽象的な書き方ですが、大体どのような魅力をもった女性か分かると思います。しかもその前に「泣くこと巧みにして猫属なり」、随分、『佐藤春夫詩集』とは趣を変えているでしょう。これが先程言った、『若菜集』との関わり合いの問題点になるのです。つまり、自分の詩は『若菜集』を基本にしているのだとして、この詩集に熱烈な賛辞を投げながらも、実際には単なる模倣に留まらずに、勝手気儘に換骨奪胎して自分の情感を自由自在にうたった。さらに『若菜集』のような文語定型詩ではなくて翻訳詩といってもいいような書き方、イメージを駆使しています。また、「わが秋の歌」中の「小うるさき祭の夜の／目くるめく夜店のあかり」に見られるように、「小うるさき」、「夜店」だとか、『若菜集』は言うまでもなく、朔太郎の口語自由詩にも見られないような生々しい、日常的な生活の点景を歌っています。しかし、こうした日常的な安直さにもかかわらず、立派な詩になっている。つまり佐藤春夫の本性がとうとうここで現れ、むしろそれが行き過ぎて詩から飛び出してしまった感があります。事実、佐藤春夫はこの『魔女』を最後に、詩人としての生命を終らせてしまったと言っていいのです。というのも、戦中から戦後、彼は詩作をしきりにやりますが、これらは殆んど『佐藤春夫詩集』の下手なセルフ・パロディに過ぎない。ですから、きちんとした七五の定型詩で、口に出せば一応響きはいいが、詩としての内容は極めて空疎です。結局、彼の詩人としての仕事は、二冊の詩集『佐藤春夫詩集』と『魔女』で完結してしまったと言えましょう。しかし、こういう考え方もできると思います。つまり、明治以後の日本における新体詩の出現以来、『若菜集』『月に吠える』『*Ambarvalia*』、この三つの詩集が築いた日本近代詩の歴史を極めて個性的な形で集約化したものが佐藤春夫の詩になるのではないか。『若菜集』における非常に足腰の弱いヨーロッパの意匠と伝統的な短歌との接ぎ木作業が、朔太郎の口語自由詩型によって、ようやく新しい日本の詩的言語として確立した。さらにそれが『*Ambarvalia*』によって急激に発展、拡充した。この半世紀足らずの日本の近代詩を佐藤春夫が二作の詩集の中で、ちょうど稲妻のように集約してしまったわけです。

最後に『車塵集』という、中国の、一般に知られていない、特に、女性の詩人が作った歌を自由自在に意訳したものがあります。彼女達は大体、宮廷のハーレムに仕えていた官女、或いは洛陽や長安の妓郎です。この詩集も要するに、佐藤春夫の換骨奪胎の才能が最高度に発揮されたものだと言っていいでしょう。

ただ若き日を惜め

勸君莫惜金縷衣
勸君須惜少年時
花開堪折直須折
莫待無花空折枝
杜秋娘

綾にしき何をか惜しむ
惜しめただ君若き日を
いざや折れ花よかりせば
ためらはば折りて花なし

実に流れも良くて言っている事もよく分かりますが、漢詩の方を読むと、かなりこれは自由な、勝手な訳であって、訳していない、大事な言葉が原詩のなかにまだまだある。ところで、この訳詩という事が日本の近代詩の中で、重要な役割をもっている事はご承知の通りです。先程挙げた、上田敏の『海潮音』がその最も顕著な例ですが、明治以来、十篇程ある傑作訳詩集の一つにこの『車塵集』は入ると思う。

最後に、佐藤春夫が『佐藤春夫詩集』と『魔女』との間で、詩風をあれ程までに変えた理由についてお話しします。つまり、春夫の大学時代の同級生でもあり、また文学的同志でもあった堀口大學に『月下の一群』という訳詩集があるんですが、これが『魔女』の数年前に現れ、この影響を彼はまともに受けるんです。そして、彼の文語定型詩が、実はかりそめのものであり、換骨奪胎のすさびになりつつあったところへ、この影響を受け、『魔女』で彼の本性が現れたということです。そして、「カリグラム」や「わが秋の歌」などは、多分に『月下の一群』中の詩をそのまま、もじっている向きがあります。

堀口大學

堀口大學は一八九二年（明治二十五年）に生まれ、一九八一年（昭和五十六年）、九十歳近い高齢で亡くなりました。

堀口さんは、訳詩家として日本の近代詩のうえで画期的な仕事をされましたが、訳詩家として高名になりすぎて、本来の詩人としての仕事が陰に隠れてしまった嫌いがあります。

もともと訳詩で出発した人ではなく、歌人、詩人として世に打って出られた人なんです。第一詩集『月光とピエロ』（一九一九年）以来、『新しき小径』『砂の枕』等、晩年に至るまで数多くの詩集を出されているが、残念ながら、日本の近代詩の水準から見て、その詩業は第一級品とは言い難いウラミを否定することはできません。しかし、日本の近代詩史上、稀な味わいのある作品で、今でいうライトバースの詩風が一貫して流れています。

堀口さんの詩人としての仕事が、あまり評価されなかったのは、訳詩家の陰に隠れてしまったという事もありますが、その詩風が日本の近代詩の常套とは大分異っていたからでもあります。

言ってみれば、最初にお話しした久保田万太郎さんの俳句における軽み、これをヨーロッパ風のシックな形で近代詩のなかに生かしたのが、詩人堀口大學の持ち味、魅力ということになります。この軽みというのは、日本の近代詩のなかでは全く尊重されず、むしろバカにされてたんですね。萩原朔太郎は、堀口さんの詩は大したものじゃないと言っているし、日夏耿之介のごときは便所の落書きのようなものだ、と無茶なことを言っています。

つまり、堀口さんの詩は、日本の近代詩の大勢と全く違っていた。はっきり言えば、フランス十八世紀のロココ芸術に華麗な形で表われたエレガンス、あるいはそれを通りこしたシックな軽み、それらを自家薬籠中のものとして、日本語で初々しく表現されたんです。

このロココ趣味にはヴェルレーヌが大層愛着し、自分の詩に生かしています。日本では感傷的で悲愴なものが多く紹介されていますけれど、ヴェルレーヌの詩そのものは、大変シックで軽みに満ち溢れているのが実情なんですね。

堀口さんはヴェルレーヌに非常に親しみ、昭和の初めには『ヴエルレエヌ研究』という、分厚い大著も出されているんです。このような経緯で、堀口さんは自分の詩のなかにロココ的軽みを生かされた。これは、今後もっと理解されなければならない問題であるし、これからの日本近代詩研究の大きな課題の一つといえるでしょう。

今、ライトバースという事がよく言われているが、これは堀口大學の詩業がすでに御手本を示しているんですね。それも高度に洗練された形で。これは一つ、覚えておいていただきたい。

さて、ここでは訳詩家としての堀口さんの仕事がどんなに大きなものであったか、又、その影響がどんなに強かったかをお話ししていきたいと思います。

前回、佐藤春夫のときにもちょっと触れましたが、堀口大學と佐藤春夫は、明治末、与謝野鉄幹、晶子の新詩社の同人として、詩人として世に出ました。

堀口さんは、お父上の九萬一という方が外交官だったため、十九歳頃から外地生活が長く、フランス語が身についていた。日本人としては、異色の詩人として運命づけられていたといえましょうか。こういう人が訳詩の仕事に入るのは、まあ当然といえば当然のことですが、訳詩といっても、たんに横文字が読めるからといってできるものじゃない。それなりの大変な詩的才能が必要なわけで、堀口さんは十分、それに恵まれていたんです。

堀口さんの父上は外交官であると同時に、漢詩人としても非常に秀れていた方なんです。晩年、堀口さん御自身、父君の作品をまとめて漢詩集を出し、和訳まで付けておられるが、堀口九萬一は漢詩人、つまり、本当の意味での詩人だったんです。

余談ですが、永井荷風の父君、禾原も明治の漢詩人としては五指に数えられる人でした。

ですから、堀口さんの場合も永井荷風の場合も、一代で詩人ができあがったわけじゃない。二代あるいは三代かけて詩人を生んでいる。つまり、血筋というものが、文学、芸術、ことに詩においては重要な要素になっているんですね。それ相応に家系がものをいうんです。

堀口さんは訳詩家として、日本では当時まだ知られていなかったフランスの新しい詩人や、すでに上田敏などによって紹介されている詩人についても――たとえば、ボードレール、マラルメ、ヴェルレーヌ、アポリネールなど――大量に、新しく翻訳されています。〝新しい〟というのは、文語、雅文調ではなく、今でも十分にわかる、ごくありふれた日常語で訳されているということで、全体にシックでハイカラな訳詩となっています。

訳詩集は、明治三十八年に上田敏の『海潮音』、大正二年には永井荷風の『珊瑚集』、四年に森鷗外の『沙羅の木』などが出ており、堀口さんの『月下の一群』は大正十四年に出ています。その前、大正六年に萩原朔太郎の『月に吠える』が出ており、これによって、日本の口語自由詩型が確立されたといえます。もちろん、朔太郎の詩業は非常に質の高いものですが、軽みとか雅びには縁遠く、言葉のやわらかさにおいてはまだまだ不十分だったんです。

これに対し『月下の一群』には、胸をトンとつかれたような、堀口式の目が醒めるようなあでやかさがあります。訳詩集というより、むしろ創作詩集といった方がいいでしょう。従って、『月下の一群』は、新しい海外詩の紹介という点でも、大いに意味があったんですが、それ以上はるかに、近代日本の詩的創造そのものに、直接の関わりをもち、新しい、われわれの詩的言語を生み出したと言えます。ちょうど、『海潮音』、あるいは『沙羅の木』が同じような役割を果したわけですが、『月下の一群』の場合は、現在においても、なおかつ、生き生きとした活力をもった詩的言語の生命を保っています。

つまり、大正末期に出されたこの『月下の一群』は、昭和初年の日本の詩に決定的な影響を与えたということになります。

この訳詩集がどういうものか、具体的に一つ例を挙げてみましょう。誰もが知っている一番有名な詩、アポリネールの「ミラボオ橋」です。アポリネールは、サンボリストの後を受けて、二十世紀の新しい詩のチャンピオンと言われる詩人です。

ミラボオ橋　　ギイヨオム・アポリネエル

ミラボオ橋の下をセエヌ河が流れ
われ等の恋が流れる
わたしは思ひ出す

悩みのあとには楽《たのし》みが来ると

日が暮れて鐘が鳴る
月日は流れわたしは残る

手と手をつなぎ顔と顔を向け合《あは》う
かうしてゐると
われ等の腕の橋の下を
疲れた無窮の時が流れる

日が暮れて鐘が鳴る
月日は流れわたしは残る

流れる水のやうに恋もまた死んで逝く
恋もまた死んで逝く
生命《いのち》ばかりが長く
希望ばかりが大きい

日が暮れて鐘が鳴る
月日は流れわたしは残る
日が去り月が行き
過ぎた時も
昔の恋もふたたびは帰らない
ミラボオ橋の下をセエヌ河が流れる
日が暮れて鐘が鳴る
月日は流れわたしは残る

今から六十年も前に発表された訳詩ですけれど、今読んでもわからないどころか、多少の違和感を感じる程度の日本語さえ、全く使われていない。〝無窮〟という言葉が、あるいは見慣れない言葉かも知れませんけど、あとはごくありふれた日常語ばかりですね。

LE PONT MIRABEAU

Sous le pont Mirabeau coule la Seine
Et nos amours
Faut-il qu'il m'en souvienne
La joie venait toujours après la peine

Vienne la nuit sonne l'heure
Les jours s'en vont je demeure

Les mains dans les mains restons face à face
Tandis que sous
Le pont de nos bras passe
Des éternels regards l'onde si lasse

Vienne la nuit sonne l'heure
Les jours s'en vont je demeure

L'amour s'en va comme cette eau courante
L'amour s'en va
Comme la vie est lente
Et comme l'Espérance est violente

Vienne la nuit sonne l'heure
Les jours s'en vont je demeure

Passent les jours et passent les semaines
Ni temps passé
Ni les amours reviennent
Sous le pont Mirabeau coule la Seine

Vienne la nuit sonne l'heure
Les jours s'en vont je demeure

これは原詩の“Le Pont Mirabeau”を読んでいただけばわかるのですが、原詩も、またありふれた、日常的な、平易なフランス語で書かれています。それと同じニュアンスで堀口さんの訳詩もちっとも難解じゃない、ごくありふれた詩です。しかし、ありふれた言葉を使っていながら、非常に新しい詩風、つまり詩的感覚で詩の魅力を歌い上げているわけで、歌の内容そのものは、引かれ者の小唄のようなシャンソン風の安っぽい感じがしないでもないけれども、決してそうじゃないんですね。「日が暮れて鐘が鳴る／月日は流れわたしは残る」、ルフランのようになってこれが四回、繰り返される。

いわゆる日本風にいう無常感というようなものが、恋愛の――これはもちろん恋愛歌なのですが――、歓びを歌いながら同時にそういう恋も結局、時間、といいますか「月日は流れていく」、つまり時間の流れのなかに流されていく。それは結局は過ぎ去ったもの、過去のものとなっていくというふうに、簡単に読むと読まれそうですが、いわゆる日本的な無常感とは違っている。

「月日は流れわたしは残る」というのは、確かに時間の流れを嘆く見方かもしれないけれど、〝――わたしは残る〟という、ここですね。ここはやはり、ヨーロッパの近代詩の〝個〟というものをしっかりと自分の手で握っている、或は握ろうと必死の努力をしている、そんな〝個〟の強い自覚があります。原詩で読むと“je demeure”という言い方。このいかにも現代的というか、強い〝わたしは残る〟というところが大事なんです。

昔の恋も単なる昔話のかりそめごとではない、と。そういう恋を経験した自分というものは、やはりいつまでも自分としてあるわけで、いかに時間の流れのなかで他のものは流されていっても、私が経験した恋というものは永久に残り得る、また残さねばならない――、〝個〟の自覚というものが、シャンソン風の一見安っぽい歌い方ですけれども、しっかりと歌われている。

堀口さんの訳をみればわかりますが、始めから終りまで句読点が一つも無いんですね。これは原詩がそうなんです。本来ならばいろいろな箇所で句読点をつけなければならないのに全部とってしまっている。

これがアポリネールの自由詩型というものの典型的な例なんです。

先程、朔太郎の口語自由詩型ということを言いましたが、或る意味では彼もヨーロッパの新しい詩の書き方――定型詩に対する自由詩――の影響を受けているわけです。この口語自由詩を確立したのが、他ならぬアポリネールであり、自由詩型は、もともとサンボリスムの傍流のなかから始まったものなんです。

ボードレールとかマラルメ。ああいう人達はおそろしく厳格な定型詩を使っている。しかし内容的には、またおそろしく斬新な詩的世界を創った。つまり、彼らはそれ以前の定型詩の詩人もちょっと手を出さなかったような厳格な定型詩を使ったわけですが、内実はきわめて革命的な自在さをもっていました。そして、その傍流に自由詩型の連中がいた。

それがアポリネールになって、自然というか自在な詩的武器となって完成されたんです。これが、アポリネールの詩人として成功した一つの理由です。

先程、原詩に全く句読点が無いと言いましたが、このために始めから終りまで流れるように言葉が動き、情感もそれに沿って流れていく。丁度、それはセーヌ河の流れが時々刻々、流れていくようであり、それと同じく時間も流れていくということで……流動感のある自由詩型の世界のなかで無常迅速、時間の流れがもつ無常感が歌われているわけです。

こういった原詩の機微を、堀口さんは実に巧く日本語に訳された。しかも、句読点が無くたってちゃんと分かるように書かれていますね。この『月下の一群』が大きな刺激となり、日本の新しい詩を創ったわけですが、その要因として、一つは口語というもの、つまり、日常的な口語というものを自由自在に使う実験をしたということが挙げられます。これが昭和初年のモダニズムと一般に言われている、新しい詩の動向を導きだしたのです。

さらにそのモダニズムというものが、日本の古い優雅な詩的伝統、つまり、古典の中に生きつづける雅び、ときには、軽みといったものを喚び起こして、特に〝四季派〟と呼ばれる詩人達の仕事を創り出してゆくのです。

もっと身近な例を挙げるとすれば、前回の佐藤春夫ですね。佐藤さんは、『魔女』という自分の創作詩集のなかで、『月下の一群』の、ひどくシックで洒落た、しかも少し意地悪なアイロニーに充ちた詩風を、自分流にみごとに変身させ、『佐藤春夫詩集』とは、まったく別の詩的世界をつくりだすことができました。

このように、身近なところから遠くに至るまで、つまり佐藤春夫からモダニズムへ、そして四季派まで、『月下の一群』の影響は広がっていったんです。

今、アポリネールの例を一つ挙げましたけれども、二つ目の例としてあまり注目されない詩、そういうものが幾つかあるので、そのなかで極めて優れたものの一つを挙げましょう。

ギイ・シャルル・クロスという、十九世紀の終り頃活躍した詩人で最近ちょっとリバイバルしかけている詩人の「五月の夕」です。まあ、サンボリスムというよりは、その外れ、かなり外れちゃったような詩人なんですけどね。これはなんでもないような詩だけどなかなか立派な詩なんです。僕は今までクロスを割と買っていた方なんだけれどもこんな良い詩を書いているとは思わなかった。堀口さんの訳詩に引きずられて原詩を探して読んでみました。やはり訳も原詩も立派なものですよ。読んでみましょう。

五月の夕

女たちの或る者は亭主をつれてゐる、

他の或る者は子供をつれてゐる
他の或る者は恋人をつれてゐる、
他の或る者には時間の持合せがない。

退屈げな目をしてかの女たちは
街上を行く、
すきとほつて見えるブラウスに胸を包んで
かがとの光る靴をはいて。

さうしてこれは古い習慣なのだが
ミステリアスな様子をして
男たちを驚かせる為に
青ざめた顔に化粧をする。

私はこれらの肉体を抱きしめたことがあるが
――骨の過剰で無ければ肉の過剰――
私はこれ等の心の裸《はだか》を見たことがあるが

どのみち大した価値《ねうち》のあるものではないのです。

それなのにやはり、夕ぐれ時、
家々が薔薇いろに見える頃になると
兎角昔の経験は忘れてしまつて、
どうかするとまたやりなほしたい心になる。

わけはわからずに
自分の最愛の女が
極《き》められた一人の女が
自家《うち》に待つてゐるのでなかつたら。

こんな次第で自家《うち》へ帰るのだ
さびしい心持ですね、
どうやら自分だけが
他の男たちよりは不運に出来てゐるやうな気がして
……

然しそれにもかかはらず、緑の夕空が微笑する
さうして家々が薔薇いろに光る。

なんでもない詩じゃないかとバカにする人がいるかもしれないし、これだったらむしろ詩よりも洒落た短篇小説を書いたほうがいいんじゃないかという人がいるかもしれませんね。しかしこれはやっぱりこの詩で生きているわけで、堀口さんの訳というのがこれまた大変上手なんだなあ。ユーモアがあり、ペーソスがあり、雅びありでね。決してあらが出ない。上澄みのような軽さですね。

まんなかあたりの「どのみち大した価値《ねうち》のあるものではないのです」の〝です〟という詩行の止め――ちょっと言いきかせるような、他人にきかせるというより自分に言いきかせるという風なのかもしれませんが、ずい分と工夫を凝らしている。

最後のほうの「こんな次第で自家《うち》へ帰るのだ／さびしい心持ですね」の〝ですね〟も同じです。明らかに他人というか読者に向かって念を押す、非常に親愛の情をこめた言い方で、止め方を工夫しているんですね。こうした、詩行の止めで、それまでの調子を変える方法は、モダニズムとくに四季派の詩の連中に大きな影響を与えています。口語自由詩型の身辺で日常的な面白さを、朔太郎のころとは違って、新鮮な感触で現代詩にもちこむ、

そのきっかけを与えたんですね。

「——骨の過剰で無ければ肉の過剰——」、なんていうユーモラスな但し書きがありますが、これは但し書きのようにみえてそうではなく、非常に大事な一行なんです。こういうところで詩が詩になっている。まあ短篇小説にしようと思えばできないことはないだろうけれど、この軽みの面白さはなんといってもこの詩の魅力なんですね。原詩も悪くはないが、これはまさに隠れた名訳です。

こういう隠れたよい詩があるわけだから、単なる歴史的産物として『月下の一群』を今見るのではなく、現代の詩集として十分汲みとらねばならないし、また汲みとれるところがいくらでもあるんです。

堀口さんの訳詩のなかにうたわれた内容が新しいのはいうまでもありませんが、うたっている調子というか調べも、口語自由詩型の日常語の使い方も、非常な新しさを感じさせます。驚きと、同時にしみじみとした感じを与える新しさなんですね。

これは単なる訳詩家ではできない芸当で、堀口さんご自身が詩人として軽み、エレガンスのある、あるいはシックな、仕事をなされたから、それが自ずと出てきているんです。初めに訳詩家と創作詩家に分けて堀口さんを考えると言いましたが、これはそう簡単にできるものじゃない。両方が微妙なところで交差しているんです。

『月下の一群』の三年前には創作詩集『新しき小径』、一年後の大正十五年には『砂の枕』が書かれています。このような創作詩と『月下の一群』との関わり合いを今後問題にしていくべきで、そうでないと『月下の一群』の本当の面白さは分かってこないことになるでしょう。

堀口さんは亡くなるまで訳詩の仕事を営々と続けられ、『月下の一群』にも何度も手を入れられた。少しでも新しく、少しでも自分の詩に近づけるように直しておられたんです。が、極端な直しはないから、初版に従って読めばいいだろうと思います。

今、堀口さんの六十年前に出た訳詩を現在の読者はほとんど違和感なく読める。これはやはり驚くべきことです。この六十年間の日本の詩的創造の流れというか、歴史をふりかえってみれば、驚きは一層深まります。

昭和初年といえば、朔太郎が文語調で肩をいからせたような詩を書いていた時期ですし、一面ではモダニズム、シュールレアリスム運動が出てきた時です。昭和八年には、西脇順三郎さんの『*Ambarvalia*』が出ています。この詩集は当時全く理解されなかった。その後、四季派の三好達治などが詩壇に大きな影響を与え、次いで戦後詩から始まっていろいろな新しい詩人がそれぞれ優れた仕事をして現在に至っているわけです。これら複雑かつ豊饒な詩的創造の歩みを理解するには、それなりに時代の距りを意識しながら乗り越える努力をしなければならないでしょう。

しかし、堀口さんの『月下の一群』は、時間の距りを乗り越えるといった必要が全くない。ですから、かえって不気味というか、変な感じがしないでもありません。が、それは変に思うほうがおかしいんです。

『月下の一群』は訳詩というより創作詩と考えてよいと最初に言いました。それだけの価値があるし、またそれだけの影響を与えている。

ではここで『月下の一群』と、この前に出た、上田敏の訳詩集『海潮音』を比べてみましょう。堀口大學と上田敏が訳詩のうえでどれだけ違っているかを示すよい例がいくつかあるんです。というのは、上田敏がすでに訳しているフランス語の詩を、堀口さんがやはり訳している。これは大変な挑戦で、大胆といえば大胆、勇気のいる仕事です。

余談ですが、上田敏は慶應の詩人には深い関係があるんです。大学に文科、文学部を作るというか、実情は刷新ということだったようですが、その時、当時の塾長が森鷗外に相談した。鷗外は、上田敏に相談したまえと言って、上田敏に全てを任せたんです。そして上田敏が、永井荷風を教授に推薦した。彼自身は京都大学の先生になっていましたから。

ですから、鷗外、敏、荷風とつながる反自然主義的、耽美派というか唯美派、そういう言ってみれば泥臭くない文学的系譜が最初にできていたわけですね。

そこから久保田万太郎、佐藤春夫が生まれ、堀口大學、西脇順三郎が生まれた。というわけで、上田敏という——敢えて言いますが——詩人は、四人の詩人、折口さんも入れれば五人の詩人の背後にあって大きな影を投げかけている人なんです。

そういえば、上田敏の訳詩はだいたい賞める人ばかりなんだが、これを本質的なところで鋭く批判したのが折口信夫です。折口さんは晩年に書かれた短いエッセーで、『海潮音』をほとんど全否定といっていい形で批判している。このようなきわめて本質的な批判ができるということは、折口さんが上田敏の仕事、とくに『海潮音』にどれほど深い影響を受けたかということとも考えられます。それがありありと分かる批判なんです。

一言でいえば、『海潮音』は詩から詩をつくりだした、それが困るということです。原詩はもちろん詩ですが、翻訳は必ずしも詩である必要はない、折口さんは、文学から文学を創りだすのは翻訳として邪道であるという考え方なんです。上田敏は、文学的な効果を出すために、雅語とか漢語など、普通の古語辞典や漢語辞典をひいても出てこないような古い言葉や奇妙な語を使っている、これを折口さんは問題にしたわけです。

訳詩にこだわることはない、それはそれで立派な創作詩と同じに考えていい、と僕は言いましたが、同時にそうではなくてやはり訳詩と創作詩は違う、訳詩は翻訳にすぎないんだから、原詩をできる限り正確に伝えればいい、何もとくに文学や詩にする必要はない——これが折口さんの主張です。こういう考え方は、原詩を尊重するという意味では非常に重要な考え方です。原詩をいろいろに変え全く似ても似つかないものにしてしまうのは、翻訳としての機能が十分に果たされたとはいえないということです。このような考え方で、折口信夫が真っ向うから上田敏を批判したのは大切な点で、これも覚えておいていただきたい。

さて本題に戻りまして、上田敏と堀口大學を比べるかっこうの訳詩の一つに、マラルメの「ためいき」があります。

SOUPIR

Mon âme vers ton front où rêve, ô calme sœur,
Un automne jonché de taches de rousseur,
Et vers le ciel errant de ton œil angélique
Monte, comme dans un jardin mélancolique,
Fidèle, un blanc jet d'eau soupire vers l'Azur!
——Vers l'Azur attendri d'Octobre pâle et pur
Qui mire aux grands bassins sa langueur infinie
Et laisse, sur l'eau morte où la fauve agonie
Des feuilles erre au vent et creuse un froid sillon,
Se traîner le soleil jaune d'un long rayon.

嗟嘆《といき》　上田敏訳

静《しづ》かなるわが妹《いもと》、君見《きみみ》れば、想《おもひ》すゞろぐ。
朽葉《くちば》色《いろ》に晩秋《おそあき》の夢深《ゆめふか》き君《きみ》が額《ひたひ》に、
天人《てんにん》の瞳《ひとみ》なす空色《そらいろ》の君《きみ》がまなこに、
憧《あこが》る、わが胸《むね》は、苔古《こけふ》りし花苑《はなぞの》の奥《おく》、
淡白《あはじろ》き吹上《ふきあげ》の水《みづ》のごと、空《そら》へ走《はし》りぬ。

その空《そら》は時雨月《しぐれづき》、清《きよ》らなる色《いろ》に曇《くも》りて、
時節《をりふし》のきはみなき鬱憂《うついう》は池《いけ》に映《うつ》ろひ
落葉《らくえふ》の薄黄《うすぎ》なる憂悶《わづらひ》を風《かぜ》の散《ち》らせば、
いざよひの池水《いけみづ》に、いと冷《ひ》やき綾《あや》は乱《みだ》れて、
ながながし梔子《くちなし》の光《ひかり》さす入日《いりひ》たゆたふ。

ためいき　堀口大學訳

わぎもこよ、わがこころ、いま立ちのぼる立ちのぼる

日やけに黄みたる秋のそこに夢見る汝が前額《ひたひ》の方へ、
はたは天使めく汝がまなざしの果しなくひろがれる空の方《かた》へ
といきする白き噴水の水に似て
わぎもこよ、わがこころ、いま立ちのぼる立ちのぼる
――黄みたる太陽の永き光の立去り迷ひ
吹く風の冷たくみだす落葉の群の
褐いろの悩み漂へるおどみたる池水に
そが果しなきもの憂さと疲れとを写したる
青ざめきよき十月のやさしき碧空の方へ
わぎもこよ、わがこころ、いま立ちのぼる、立ちのぼる。

上田敏は〝嗟嘆〟という難しい漢字を使うんですね。若い読者にはきっと読めないだろうし、いわんや、〝といき〟と和訓読みするのは無理だと思うんですがね。

　この二つの訳詩を比べてみてすぐ違いがわかるのは、言葉づかいです。堀口さんの場合、先ほどから言っているように今日の読者にもスッと分かる。内容が分かるというのとはちょっと違いますよ。ところが上田敏のほうは、何を歌っているのか、何のことを言っているのか、なかなか分かりにくい。使われている漢字も〝嗟嘆《といき》〟と同じように普通の漢

字の和訓じゃないですね。たとえば〝晩秋〟を〝おそあき〟、〝花苑〟を〝はなぞの〟と読まなければいけない。〝時雨月〟も〝しぐれづき〟とスッと読める人はまずいないでしょう。〝鬱憂〟というのも、間違ってはいないが変ですよね。しかし、これでも『海潮音』の中では比較的平易なほうです。いずれにしろ、この漢字の使い方、この和訓の仕方では、今の読者には全部ルビをふらなくては分からないし、ルビをふっても意味が定かでない言葉もある。

これに対し、堀口さんの訳の方は、読めば恋愛歌だということがすぐに分かるでしょう。ある女性への男の想い、あるいは女同士の想いかもしれないけれど、恋情、しかもひたむきな恋心をうたった恋愛歌以外の何ものでもない。それがスッと分かります。

ところが、上田敏の「嗟嘆」の訳詩を読むと、最初の一行に〝妹《いもと》〟と女性が出てきますが、だんだん読みすすんでいくと、晩秋の廃園の情景をうたった叙景詩のようになっていくんですね。叙景詩に、詩人が陰鬱な気分を交感させている。どうもつかみどころのない詩のような感じがするんです。

これは、上田敏の訳詩が、原詩をよく捉えていなかったのか、あるいは自分で自分の言葉に酔ってしまい、そこに深入りしすぎてしまったというようなことなのか――とにかく、訳詩としても創作詩としても何かよくわからない、あまり上等なものとは言えないんですね。

堀口さんの場合は、恋愛詩のひたむきな恋情を白い噴水になぞらえている。真白な水をたたえ、ほの暗い夕闇せまる公園のなかでひっそりと音を立てながら絶え間なく噴きあげている噴水に、恋するひとを想う恋心のひたむきさを重ねているわけなんです。ここには、非常に感覚的にも鋭いイメージ、メタファがある。詩そのものは、別に難しい詩ではない。要するに問題は「わがこころ、いま立ちのぼる立ちのぼる／といきする白き噴水の水に似て」というところで、あとは全部メタファというか、イメージの面白さなんです。原詩を読めばそのことがはっきりします。

フランス語が読める人にはすぐ分かるだろうと思いますが、両者の訳詩の違いに大きな問題点があるんです。

ついでに言いますが、マラルメの詩は非常に難解だということになっています。実際、そうなんだが、この「ためいき」はマラルメが若い頃に書いた詩で、マラルメの詩の中では一番とはいえないまでも平易なものの一つです。

内容は、堀口さんの訳詩が充分伝えているといっていいわけで、恋心をうたった詩です。

私の心が、“vers ton front” あなたの額に向かって “Monte”（四行目の初めにこの動詞がでてきますが）舞い上がる、というか立ちのぼる。こういうところが骨子なんで、しかもこの原詩を見れば分かるように句点が一つしかないでしょう。“Mon âme” から始まって“le soleil jaune d'un long rayon”まで一続きです。原詩は、始めから終りまで一つなんです。ほとんど切れ目がない。切れ目があるのは、読点のところだけです。つまり、一息で読まなくてはいけない。この一息で読むというのがマラルメの原詩の面白さなんでね。これは十行詩ですが、一息で読めばいいんです。そうすると一見とっぴょうしもない色々な喩えの珍しい用法が、収縮というか凝縮されていくわけです。

ですから、ばらばらの行変え詩といいますか、スタンザをいくつかに分ける、たとえば十行を五行ずつに分けるとか、四行四行最後の二行とか、詩連をいくつかに分けると、この詩のイメージの有機的な関係がばらばらになってしまう。詩的ではあるかもしれないが、下手くそな詩ということになりかねません。

一息で第一行から第十行まで一つかみにして創ったところが、マラルメの原詩の一番大切なところなんです。この原詩の持つ有機性というものを考えた場合、上田敏の訳詩はすでに落第なんですね。五行ずつに分けて書いてしまっている。これでは初めに言ったように恋愛詩なのか叙景詩なのかわけがわからないことになってしまうのです。さらに言えば、いたずらに訳詩を文学的にしようとしたためにかえって原詩の一番大事な急所を見逃すことになっている。つまり、折口批判の良い例にもなるわけです。

堀口さんはさすがにこういうことはちゃんとご承知で、この詩を一息に訳している。しかしなんとか日本語にしようと苦心惨憺もしておられる。日本語の場合、フランス語のようなダイナミックな流動性というものがつくりにくいんです。これをつくろうとすると、かなり無理をしなければならない。

堀口さんの場合の無理はどういうところかといえば、第一行目の「わがこころ、いま立ちのぼる立ちのぼる」と〝立ちのぼる〟を二度も繰り返している、これはここが非常に大切であるという強調なんです。ところがこれをもう一遍、真中のところで繰り返している。「といきする白き噴水の水に似て／わぎもこよ、わがこころ、いま立ちのぼる立ちのぼる」、"Mon âme" と "Monte" が詩全体の中で一番大事な骨組みだということを堀口さんは充分ご承知の上でこういう荒行にも似た工夫というか、苦心の労作をしています。同じ行を二度繰り返すということは原詩では全くないんです。

しかし、この苦しい工夫はそれなりの効果がある。まず一息で読めること。それから叙景は叙景としての面白味を充分もっているけれど、この詩の本質はやはり恋情であり、ひたむきな恋心のやるせなさというものを歌った詩だということがすぐ分かります。ですから、上田敏の訳詩に比べると堀口さんの訳詩のほうがずっと原詩に近いんです。比べものにならない程、『海潮音』と『月下の一群』とでは原詩への接近度が違うということです。

訳詩の名手といっても上田敏と堀口さんとでは時代背景が違うんです。言いかえれば明治三十八年と第一次大戦をはさんでそのあとの大正十四年では、日本の近代詩とヨーロッパの詩との接近度がまるで違ってくる。二人の相違はそのことの一つの証にもなるでしょう。

西脇順三郎

西脇順三郎は、一八九四年（明治二十七年）に生まれ、一九八二年（昭和五十七年）、八十八歳で亡くなりました。

この講義でとりあげた五人の詩人全員は、一八八〇年代から九〇年代にかけて生まれていますが、亡くなったのがみな、昭和に入って、それも、一番早い折口さんでも昭和二十八年ですから、みな、それぞれ、長い詩歴の持主です。そのなかでも、西脇さんは特に長い。

処女詩集『*Ambarvalia*』という題名は、ラテン語で収穫祭のことを意味します。西脇さんはラテン語には大変堪能で、理財科の卒業論文をラテン語で書かれたそうです。

このAmbarvaliaというラテン語は、西脇さんが若い頃に耽読されたウォルター・ペイターの『享楽主義者マリウス』という小説に出てくる、アンバルヴァリアの祭からの連想です。これは古代ギリシャの神々を信奉していた青年が、新しい、キリスト教という宗教に目覚めながらもどうしてもそれに馴染めない、そういう内的な葛藤の物語、いわば内面的な教養小説です。作者のペイターは、十九世紀イギリスの文芸批評家でもあり、小説家でもあった人です。

『*Ambarvalia*』が出版されたのは一九三三年、西脇さんが三十九歳の時でした。今、三十九歳で処女詩集を出すというのは別に珍しい事ではありませんが、昭和初め頃までは、処女詩集を三十代後半に出すというのは非常に稀有なことだった。しかも彼は、歴としたプロフェッショナルな詩人なんですから。

二十歳になるかならないかぐらいで処女詩集を出版して一躍名声を、というのがそれまでの詩人のやり方で、島崎藤村だって『若菜集』を出した時はまだ二十代の半ば過ぎですよね。そういう様に、二十代に大詩集を出す、三十代で少し中だるみが来て四十代になると詩を書かなくなる、というのが戦前までの大体の詩人の在り方だったんです。

それが西脇さんの場合は、四十歳間近にして出された。これにはそれなりの理由があるんです。

西脇さんという人は、若い頃から詩を書こうとしていたんだけど、どうしても日本語というものでは詩は書けない、つまり自分の表現したいものは日本語では表現できないという思い込みがずっとあった。『*Ambarvalia*』を日本語で書かれる前——オックスフォード大学を中退した一九二五年ですが——英語で書いた詩集を一冊出しているほどですから。

それが『*Spectrum*』という詩集で、これは一外国人留学生の絵空事の筆のすさびではない。何故なら、この中に収められた幾つかの詩は、向こうの若い前衛的な詩人たちがやっていた詩誌、詩のアンソロジーにすでに載っているんです。つまり、イギリスの若い詩人たちからのある程度の評価を得ていたわけで、それなりにプロフェッショナルな仕事だといっていい。その他、フランス語の詩もかなり書いておられます。

その頃の主流は、『若菜集』や『海潮音』、或いは佐藤春夫の或る種の詩のような文語定型詩です。こういうもので自分の歌いたいことはとても歌えないという気持ちが西脇さんにはずっとあったんですね。

ただ、留学直前にたまたま、萩原朔太郎の『月に吠える』を読んで、こんな日本語でならば自分も書けるという感激というか、自信をもたれた。ですから西脇さんは最後まで、萩原朔太郎はマイスターだ、自分のお師匠だということを言っておられました。一般的な評価と違い、他ならぬ西脇順三郎がそういう感銘をまだ詩人になる以前に、萩原朔太郎から受けていたということは、やはり覚えておいていただきたいですね。単に個人的な事件ではなくて、今からみれば、日本の近代詩から現代詩を画する極めて重要な事件だと言っていいだろうと思います。

しかし、そういう感銘を受けたにもかかわらず、イギリス留学中あるいはフランス滞在中、英語あるいはフランス語でしか詩的表現をしていない。そして帰国後、少しずつ日本語の詩を書き出して、やっと一九三三年に『*Ambarvalia*』という題で一冊の詩集になるわけです。

この『Ambarvalia』には、今は滅多に手に入りませんが、『あむばるわりあ』というタイトルのもう一つの版があるんです。これは、戦後まもなく一九四七年、昭和二十二年に東京出版というところから出されたんですが、非常に薄い本だった。実をいうと、僕らはそれで初めて、西脇さんの詩を読んだんです。

というのは、昭和八年に出された『Ambarvalia』の方は厚い立派な本で、しかもローマ時代の彫刻の写真がたくさん入っていまして値段も高かった。そのうえ滅多に手に入らなかったんです。部数が少なかったのと、出てもほとんど評判にならなかったということです。つまり、なにが何だか解らない難しい詩だという評判がもっぱらだったんですが、変にハイカラな詩だとよろこぶ、ほんの一握りの読者はいたにはいたんですかね。それきりで、その後、版を重ねるなどということはなくいわゆる珍本として伝説的になりました。

僕なんか一体どんな本なのか、戦争中でしたし見たこともなかったんです。それで戦後、新版の『あむばるわりあ』をやっと手にして、なるほどこれはすごい詩だと、少なくとも僕らの世代は感激したもんです。

ところがこれは、昭和八年、初版の『Ambarvalia』と比べるとかなりの直しがあるんですね。その直しは——おしなべて詩の直しというものはそうなんですが——良くない。初版の方は尖鋭で鮮やかなイメージがキラキラしていて良いんですが、それがみな磨滅しているというと言い過ぎになるかもしれないけれど、丸味を帯びて寝ちゃってる感じ。まあ、そういう気持ちに当時、西脇さんはなっておられたんでしょうけどね。

その後、『Ambarvalia』は文庫本、その他で出ましたけど、大体初版に拠っています。ですから今、戦後の『あむばるわりあ』は全集で読むしかありません。初期作品のフランス語も英語も辞引きを引かなければならないほどではなく、易しい単語が使われている。ただ、詩そのものが易しいかどうかは別問題ですよ。

昭和八年に『Ambarvalia』を出して以来、西脇さんは戦中、一冊の詩集も出していませんし、それどころか一つも新しい詩作品を書いていません。書いても発表していない。そして戦後、『あむばるわりあ』を出すと同時に、『旅人かへらず』という長篇詩を発表したんです。『Ambarvalia』を知っている人間、或いはたとえ尖鋭さを失ったとはいえ、新篇の『あむばるわりあ』を読んで感動した人間にはどうもこの『旅人かへらず』というのはいただけない。変に日本化してしまっていて、日本的な一種のわびとかさび、そういうものに似た境地で書かれている。

どうもこれでは、『Ambarvalia』の西脇順三郎はすっかり変わっちゃったなあ、というような失望感をもったものです。しかしそれが間違いだったということ、つまり、『旅人かへらず』と『Ambarvalia』の世界というものは、何も違ったものではなくて、一つのものの二面、或いは二様の表われに過ぎないということが、その後発表された多くの作品を通して次第にわかってくるんです。

西脇さんの詩集はこの『Ambarvalia』以来、だいたい十冊前後あります。この中で僕は一九六〇年に出された『失われた時』と、一九六二年の『えてるにたす』、この二冊が西脇さんの詩的世界が最も豊饒にそして深く展開している詩集だと思います。

どちらも長篇詩といいますか、初めから終りまで切れ目なしの詩です。『失われた時』は全集で百ページありますが、四部に分かれていまして、その一部一部が全く切れ目なしに流れていくんです。切れ目なしといっても、所々間隔はありますが、句読点は無い。『えてるにたす』も、代表作の他に「菜園の妖術」と「音」という作品が入っていますが、同じように切れ目がありません。「えてるにたす」はやはりラテン語で永遠という意味で、西脇さんの作品中では有名なものです。やはりよく出来ていると、読むたびに感動します。

そこで僕は、『Ambarvalia』から順を追ってお話しするよりも、西脇詩の絶頂だと思われる二つの作品の話をした方が良いだろうと思います。

まず、「失われた時」についてお話ししましょう。

失われた時

Ⅱ

青い女神として
田舎のレストランで口あたりが
いいのでシエリー酒を三杯のんで
街道を走つたが彼女の
梨色のカーディラックを
花の咲くさんざしの生垣へつつこんで
「あッ」というオリムピアの叫びに
おどろかされて
はッと我れにかえり
今まで女になつている夢をみていた
ということに今更のように
驚いてあおざめた
石垣にタンポポが開いて
スミレは岩の影にむらがる
三月の末の日に

オリムピアを抱いて
遠く走りつづけた
ふと苔むした薔薇園の中にある
レストランへさまよい出て
鶏をたべた
ハイボールは罪悪の根元であるから
シエリー酒のたそがれの空を汲み
かわして蜜酒で永遠のちぎりを結んだ
二人は後世マネーという男が描いた
ようなポーズで休んだ
驚くべき会話もとりかわされた
「存在は存在しないところに存在する
存在は存在でないところのものだ
すべての存在は舌と舌との間にある
ふれるだけの現実である
舌の先でふれる現実は
アカントスの葉のように

ふるえる　無限が終るようになる」
黒人女からミモザの花を買つて
二人は帽子にさして
また走りつづけた
リットル・ギディングという村まで五分と
いうところでこの偉大な事件が起つた

従来の口語自由詩型には、どこかに五とか七、或いはその類音の六、八の音が残っていた。それがこの詩では、全く壊れているんですね。だから、どこで切って読んでいいのかわからない。

普通、「青い女神として」から「驚いてあおざめた」まで、一息に読まなければ意味が通じない。しかし、ここまで一息に読むというのは、まず日本人には生理的に不可能でしょう。だから、どこかで切るしかない。「青い女神として」から「いいのでシエリー酒を三杯のんで」まで辺りで、やはり息は切れますね。本当でしたら、「青い女神として」から「今まで女になつている夢をみていた」と、ここまで続けて切りたいんだけど、ここで切ってしまうと、「ということに今更のように」というのが続かなくなってしまうんですね。

伝統的な五音と七音という、日本人の生理にある程度合っていて、今でも我々に通用する音のとり方を、徹底的に破壊してしまっているんです。革命的な音律のたて方ですね。これが際立った特色の一つ。

もう一つは、先程お話ししましたように、初めから終りまで、ひと続きだということ。こういう長い詩行をひと続きにしてしまうということは、日本語の従来の、つまり近代詩以来の作詩法からみれば破天荒なことです。つまりこれは、日本の口語自由詩型の音域を多様化したということになるわけです。今まで、一オクターブぐらいの間で細かく行き来していた詩の日本語の音域を三オクターブ、四オクターブの音まで拡げた。これはやはり画期的なことだと思いますね。

それから、イメージのことですが、自由連想といいますか、一見なんの必然性もない連想が自由自在に展開されてゆく。たとえば、初めから「青い女神」とはなんだ、というふうに考え出すと、もう何のことかよくわからない。

詩人自身に限定してもしなくてもいいんですが、とにかく「今まで女になつている夢をみていた」人物と同一人物である、その青い女神になった自分が、田舎を梨色のキャデラックで走っている。そして、途中のレストランでシェリー酒を三杯飲んだ。何故、シェリー酒を三杯飲まなければならないのか。シェリー酒は三杯以上飲むべきではないという、イングリッシュ・ジェントルマンのふるい慣習がありますが、まさかここでこんなことを考える必要はないでしょう。ただ三杯飲んだ、と。

それから「オリムピア」とは一体何か。これも、また、考え出すとわからない。ただ、このオリムピアと青い女神というのは一つながりのものですね。いずれもギリシャ神話に出てくる人物で、しかも、オリムピアというのは男性神でしょう。

その次の「石垣にタンポポが開いて／スミレは岩の影にむらがる」という辺りは何でもない。それから「オリムピアを抱いて／遠く走りつづけた」後に、また、ハイボールが出て来たり、シェリー酒が出て来たりするんですが、結局、たそがれの酒を汲み永遠の契りを結んだ、オリムピアと青い女神である、誰か不特定の無個性の女が出てきているわけです。その二人が、後世マネという男が画いたようなポーズで休んだ、ということは、これはマネの「草上の午餐」ですか、あの絵のことですね。

マネというのが絵画きであることよりも、ここではマネという音が一番大事なんです。それに、マネというのはお金のことですから。英語でいえば、「永遠のちぎりを結んだ」その結びつきだってマネーじゃないかと、イロニックに読めるわけです。その方が面白いでしょう。

ですから、このフランスの印象派の絵描きの名前は、この場合、或いは知らない方が良いかもしれない。

それからその次の、「存在は存在でないところのものだ」。これはスピノザあたりをもじったんだと思いますが、これも、知らなくていいんです。要するに無の哲学ですね。「すべての存在は舌と舌との間にある／ふれるだけの現実である」このへんからスピノザとは関係なくなるんだな。そして次の「舌の先でふれる現実は／アカントスの葉のように／ふるえる　無限が終るようになる」。非常に官能的ですね。アカントスの葉とはギリシャの彫刻によく出てくる葉です。

「黒人女からミモザの花を買つて／二人は帽子にさして／また走りつづけた」。なぜ黒人女が出てくるのかというようなことは考える必要はない。むしろ、黒人女というイメージのもつ黒の色彩感。それもマネの絵は黒がいつでも基本的な色になっているから、それとの連想を考えたい人は考えてもいいかもしれませんが、ミモザの花というのは黄でしょう、それとのコントラストを考えた方がむしろいい。「また走りつづけた／リットル・ギディングという村まで五分と／いうところでこの偉大な事件が起つた」。この「偉大な事件」というのが何を示しているのか、果して今までのことがすでに「偉大な事件」なのか、或いはこれから出てくることが偉大なことなのか。

リットル・ギディングというのも、ペダンティックに考えるなら、これはイギリスの田舎町のことです。田舎町というよりも、むしろ村ですね。十七世紀にここに非常に禁欲的なピューリタンの連中が立て籠って、キリストの信仰をより一層純化しようという運動を行った。T・S・エリオットの『四つのカルテット』という詩集の中に——西脇さんが訳しておられるのですが――"Little Gidding"という題の詩があり、これは今僕の話した修道者達の村にあやかったものです。

しかし、エリオットや十七世紀のイギリス宗教史なんて考えずに、むしろこの"Little Gidding"という英語をそのままつまり、普通名詞として読んでほしい。Giddingというのは小さな目まい、ささやかな目まい、というふうに読んだ方が面白いんじゃないでしょうか。

西脇さんの詩をペダンティックだ、難解だと考えるのは誤まりです。慶應大学の英文科の教授で、古代英語、中世英語にも精通し、モダニズムの文学のチャンピオンだから、それくらいの教養がないと読者も読めないというのはおかしい。エッセーとか文学論ならば、その種の心得も必要かもしれないが、詩の場合は全然必要じゃないんです。詩を読めない人の方がむしろこだわったりしますね。

二月の暦は目黒のまつりだけだ
ペルシュウスのために藪の中へ頭を
つつこんでねこ柳の枝を折るのだ
まだ秋の菊のにおいが残つている
あのなまめかしい

灰色のひばりの巣も
かたむいているのだ
リーマは今ごろは
ミモザの花を買つたり
かますという魚を焼いてたべたり
少し高いがピカソの絵を買つたり
してヴエルの来る日をまつだろう
生命の半分と
わかれていることは
かたばみの世界にも
なおあまりある悲しい季節だ
あの真珠のコップに口づけて
君の命をのむ
悲しみ

さいかちの木に豆がなりかけた

魚を釣る人の頭が
藪の上から見える
土手の上を歩いて行くのだ
いくども曲つて湯の宿へ行くのだ
るり色の眼をもつ男が
すきをかついで通りすぎる
何事か言わんとしていたが
それは女の話であるから
詩でないと言えなかつたのだ
この男はジューピテルを信心して
いるので野ばらの実のようにブラン・ルージ色
に日にやけていた
「コッテはどこですか――あの岩山の下の家です」
客は一人もいなかつた
芸者がひるねをしていた
そこで紺の地に虎のついた浴衣を
きて待つているとコンガラ童子みたいな少年が裸で

蓮華のような桃をもつて来てくれた

だんだんこの辺りから本格的に、詩になってくるんです。最初の部分はまだまだ詩じゃない。青い女神とオリムピアがシェリー酒を飲んでちぎりを結んだ、「この偉大な事件」が歌い出しで、「リーマは今ごろは／ミモザの花を買つたり／かますという魚を焼いてたべたり／少し高いがピカソの絵を買つたり／してヴエルの来る日をまつだろう」。

この「ヴエル」というのは、ラテン語で春のことです。ところが、これは女の名前にもとれる。つまり両方にかけてるわけです。

その次の「生命の半分と／わかれていることは／かたばみの世界にも／なおあまりある悲しい季節だ」。

日本とは違って、ヨーロッパの季節は生命の成長する時期と衰えていく時期の二つに分けられます。「生命の半分」とは、ですから春分と秋分ですね。秋分から冬にかけての時期、それが今や終って次の半分である、春がやって来るというのです。

「少し高いがピカソの絵を買つたり」というのは、大変なウイットですよ。前行の「ミモザの花を買つたり／かますという魚を焼いてたべたり」との重ね方において。

つまり、ピカソというのは、かますみたいな魚の絵付けをした焼物を沢山つくっているんです。ですから花を買って焼き魚を食べる。その焼き魚がピカソのイメージへ連なっていくというのはなかなか面白い。自由連想のオートマティスムといいますか。あたかも自動記述風に、イメージが自由自在に迸り、それが支離滅裂のようでいてちゃんと一つのリズムを構成している。

僕が「二月の暦」からが詩になってくるというのは、最初の部分はまだリズムもイメージも安定していないからなんです。実験的に並べられているだけといってもいいでしょう。

ところが、「二月の暦」あたりからひとつのリズムが安定してくる。大きな川の流れの上に、最初は上流から流れてきた、木の切れ端やら種々なものが浮かんでいて、それが読むものの関心をひくわけです。しかし、浮かんでいるものよりも、大きな流れそれ自体に目をやるということが大切なわけで、それに気づくとこの「二月の暦」から以降、その流れを見ることができるんです。つまり、これがひとつの安定したリズムということなんです。

さて、「さいかちの木に豆がなりかけた／魚を釣る人の頭が／藪の上から見える／土手の上を歩いて行くのだ」云々と、何事か言わんとしているんですが、「それは女の話であるから／詩でないと言えなかつたのだ」。これも、なかなかウイッティですよ。女の話は詩じゃない。しかしそれは、ちょっと言いにくかったわけですね。それと、逆の意味にもとれますね。女の話だから、詩であるともいえるということですね。

そして、「この男はジューピテルを信心して」いて、「コッテ」の場所を尋ねる。「コッテ」とはコテエジです。そこには、「客は一人もいなかつた／芸者がひるねをしていた／そこで紺の地に虎のついた浴衣を／きて待つているとコンガラ童子みたいな少年が裸で／蓮華のような桃をもつて来てくれた」。これが、また揮っていますね。

ここは、何故だと考える必要はない。イメージだけとればいいんです。一枚のタブローを見るように。しかし、かといってタブローにはならない。何故かといえば、水のように、音楽のように、絶えず流れているからです。ここが、西脇さんの新しいところですね。

ですから、イメージだけとればいいといっても、この音の流れを見失ってイメージにだけしがみついていてはいけない。どっちが大切かといえば、もちろん、僕は、音の方をとりますね。

イメージとしてその面白さを捉えることは大事なんですが、何故そのイメージなのかということを考えてはいけないんです。こういうよみ方は、詩の読み方として上等とはいえない。見極めようとしたって解るわけないんですから。

イメージをイメージとして捉えながら、流してゆく。つまりタブローができかかるかと思うと次の瞬間には消えていく。或いは変化していく。その面白さを感じることが大切なんですね。

詩というものは散文と違い、意味を一つずつ追いかけていくと、結局は何が何だかわからなくなる。

さて、もう一篇、今度は「えてるにたす」という詩についてお話しします。

西脇順三郎の詩がモダニズムだとか現代詩の一番重要なものであるとか、そういう事は抜きにして、彼がその代表作品である、長篇詩「えてるにたす」や、「失われた時」などで成し遂げた事は何か。それは、今までの日本語にはなかった「音楽性」を創り出したという事です。

最初の講義で、久保田万太郎の俳句を取り上げた時、俳句は一句、それ自体で屹立するものだということをお話ししたと思います。

日常的な、つまり水平な場面に対して、俳句の一句、一行が屹立する。日常的な場に詩行が屹立するというのは、俳句に限らず、短歌、定型、口語自由詩型の現代詩にも通じることです。

詩、ポエジーというものは、日常的な場に屹立し、日常的空間とは異なる一つの言語空間を創りだすものだったんです。

ところが、たとえばこの「えてるにたす」の冒頭、「シムボルはさびしい／言葉はシムボルだ／言葉を使うと／脳髄がシムボル色になつて／永遠の方へかたむく」といった詩句。これは最初の二行で一句、次の三行で一句として屹立しながら、しかもヨコへヨコへと流れていく。

西脇順三郎に代表される現代詩が始めて成し遂げたのがこれなんです。ヨコへ流れるというのは、それまで日本の詩にはなかったことです。何故無かったかというと、日本語が基本的に漢詩型、それも絶句という短詩型の漢詩だったからです。俳句はいうまでもありませんが、短歌もそうですし、定型詩などもそうです。

佐藤春夫の「秋刀魚の歌」や「望郷五月歌」。一句一句がキリッキリッと立ってくる。立ってくるとはどういう事か。それは、視覚的なイメージが非常に鮮やかに強調されるという事です。

それに対して西脇順三郎の詩は、視覚的なイメージよりも聴覚的なイメージ、つまり音型が強調されている。ですから、この詩の一行一行、それとしてもちろん大切ですが、それ以上にヨコへ流れていく線、この線の形が大切なんです。音楽の演奏方法でも、線型を創りながら演奏するというのが新しい方法として常識になっています。

十九世紀風の演奏方法というのは、部分部分の塊り、つまりメロディを中心としてそれに低音部、高音部の音の塊りをつけていく。ということは、流れよりもメロディが創られる部分部分の重なりを、できる限り華麗に創り上げることに重点が置かれているわけです。

これに対して、メロディはそれとして守りながらメロディの周辺を並行して流れている低音から高音までの幾つかの音の流れ、こういう流れの線型を連続体として創っていくという方法が生まれた。つまり、メロディよりもリズムを重視する方法。これが二十世紀音楽の基本になっていくわけです。

ストラビンスキーやバルトーク、シェーンベルク。メロディを副次的なものとして含みながら、尚かつ、低音部から高音部までの全体を有機的に再構成していく。そういう図形の基本になるのが、法則化されたリズムの線、セリイです。これが二重、三重に絶えず流れていく、その美しさを表すというのが現代の主導的な演奏方法になっているんですね。

そして、線型が最も複雑な形で、つまりちょうど全体が同時に水の流れに揺れる、水中の藻のように五つも六つもの線型が揺れる形。こういう揺れ方の面白さを示すのが、ブルックナーとかマーラーのシンフォニーの現代的な奏法です。

この場合と全く同じではありませんが、似た動き、つまり対位法が西脇順三郎の長篇詩には見られる。

えてるにたす

I

シムボルはさびしい

言葉はシムボルだ
言葉を使うと
脳髄がシムボル色になつて
永遠の方へかたむく
シムボルのない季節にもどろう
こわれたガラスのくもりで
考えなければならない
コンクリートのかけらの中で
秋のような女の顔をみつけな
ければならない季節へ
存在はみな反射のゆらめきの
世界へ
寺院の鐘は水の中になり
さかさの尖塔に
うぐいが走り
ひつじぐさが花咲く
雲の野原が

静かに動いている

夏の林檎の中に
テーブルの秋の灰色がうつる
言葉の曖昧の七燈が
人間の脳髄を照らすだけだ
おうや石の壁の上から
ヤツカの花茎がつき出る
過去は現在を越えて
未来につき出る
「どうしましょう」

最後の「どうしましょう」なんて所は、思わず噴き出すというくらいの余裕がなければ、この詩の面白さは解らない。これは西脇流諧謔、ウイットというやつです。
また、「寺院の鐘は水の中になり／さかさの尖塔に／うぐいが走り」という部分。実に奇麗なイメージですね。影に映る寺院、水面に逆さに映える尖塔といったイメージを、イモーショナルな形にではなく、実にさりげなく書くことによって美しさを一層鮮やかにしている。

ところで、新倉俊一というアメリカ詩の専門家で、西脇さんの詩にも通じている人が書いた『西脇順三郎全詩引喩集成』という本があります。これは西脇詩を読むための一種の辞引なんですが、その中に「言葉の曖昧の七燈」という表現も載っていまして、これは現代イギリス文学を少し勉強していればすぐにわかる筈です。

つい先頃亡くなったウィリアム・エンプスンという批評家でもあり、詩人でもある人が学生時代に卒業論文として“Seven Types of Ambiguity”という非常に優れた批評を書いています。それによれば、詩の言葉は必ず二つ以上の意味をもち、その意味のもち方を分類すると七つに分かれる。その事を、イギリスの古今の詩を例にあげて分析しているんですが、これがいわゆる現在の構造批評、或いは解体批評の源流の一つになっている。とくに、分析の方法に詩人的なひらめき、直観力が絶えず働いていて、これが非常にいいんですね。

西脇さんは、この批評書を頭においているんです。「夏の林檎の中に／テーブルの秋の灰色がうつる／言葉の曖昧の七燈が／人間の脳髄を照らすだけだ」。林檎にテーブルの色が影になって映り、その影が秋の灰色を思わせる。つまり、このように夏という季節、Aのイメージ中に秋というBのイメージを読む、感触するということは一種の「曖昧さ」、つまり、意味の二重性を読みとる行為なんです。

こういった、エンプスン流の読み方をすれば、言葉は曖昧になる。「七燈」というのは、“Seven Types”をうけているんですね。そして、その燈明は人間の脳髄を照らすだけのことで、生命そのものとは大して関わりがないんだと、詩人は唱うわけです。「おうや石の壁の上から／ヤツカの花茎がつき出る」。これも同じことです。おうや石とヤツカの花茎というのは、鉱物と植物、全く異質なものですね。それが、つまり生命というものであって、それを曖昧だとかタイプがどうのといって騒ぐのはおかしいんだと。そして「過去は現在を越えて／未来につき出る」という所に、生命の生命たる所以があるというんです。

つまりエテルニタス、永遠なんですね。そこで「どうしましょう」となるわけなんです。

エンプスンなんか読んでも仕方がない。目に見えるのは、言葉や理論ではいかんともしがたい、凄じい生命力なんですから。

次いで、

石の下で魚が眼をあけている
まだまだ大変なことが起つている
女の驚きのことばは

クレオパートラが酒をつぎながら
ほめられた時に使う反射だ
水たまりに捨てられた茶碗
遊んでいた子供たちが去つたあと
どじようの背中にある紋章
橋を渡つている狂人
竹藪になげこまれた石のふためき
鍬にあたる隕石のさけび
旅人の帽子に残るやぶじらみ
パウンドののどだんごの動き
土のついた
タビラコの
にがい根を
かじりながら
逃走する
男
これらは何ものも象徴しない

象徴しないものほど
人間を惹きつける
生きていることは
よくきこえないものを聴くことだ
よくみえないものを見ることだ
よくたべられないものを食うことだ
最大なXに向つて走るだけだ
存在は宿命だ
シムボルは悲劇だ
「あらどうしましょう」
銅貨の中の
静寂
夕陽はコップの限界を越えて
限りなく去る
黒いコップの輪郭が残る

女神の輪郭は
猫の瞳孔の中をさまよう

と続きます。

これらの、「どじょうの背中にある紋章」だとか「水たまりに捨てられた茶碗」、「橋を渡つている狂人」などという言葉は、俳句でしたらそれだけで、一句になりうるイメージですよね。

ですから、一行一句が屹立している。しかもただ屹立しているだけではなくて、そのイメージが横へ流れていく。

これが現代詩の基本的な形なんです。イメージよりも音、音楽。一行、或いは四行で一聯を構成し屹立するという、伝統的な俳句、短歌、あるいは文語定型詩の書き方を完全に破壊したのが、西脇順三郎の詩、とくに長篇詩なんです。

初期の『*Ambarvalia*』や『旅人かへらず』も——これは百篇ほどの三行詩、四行詩で構成されているんですが——一篇ずつ読んでも仕方がない。何故なら、大規模なもっと確信に満ちた実験という実演として書かれているからです。

くりかえしますが、西脇順三郎の詩業の頂点は、「えてるにたす」と「失われた時」です。僕は「えてるにたす」の方が優れていると考えていますが、このような長篇詩による音楽性、それからある一点にとどまるような屹立性ではない、絶えず横へ流れていく詩行の作り方、などが、少なくとも技術的に言えば西脇さんの遂げた最大の功績でしょうね。

ところで、彼自身は詩で何を歌おうとしたのかといえば、やはりそこには多分に東洋的なものが感じられる。時間の中でそれに逆らわずに、自分の言葉と遊ぶ。まあウイットと諧謔ですね。それが詩人西脇順三郎の本質だと思います。

この時間というものは、ヨーロッパ流にと言いますか、キリスト教の一般的な常識から言えば、絶えず永遠と相関関係にあります。つまり、この temps、時間に対して、aeternitas、永遠は垂直に屹立する。そして、人間は生きながら絶えず永遠を目指すのですが、その契機というのはキリスト教的にいえば、神の恩寵に授かるということですね。

肉体というものは、人間の魂を包んでいる牢獄である。そこから飛び出して、神と同じ時間と空間を超越した存在になりうること、これがキリスト教的な永遠の考え方です。

死というものは、キリスト教者にとっては解放なんです。つまり、肉体の牢獄から魂が解放されると、その魂が再び生命を与えられ、魂のみが神と同じ条件に置かれる。これが復活の原理で、信仰を持たない人間にはなかなか解りにくい事柄です。

そして、この原理を導き出しているのが、原罪の理論です。つまり、何故、人間が死というものに見舞われるのか。これが原罪、original sin であり、人間に内在する、アダムとイブが犯した罪というわけです。

時間と永遠というものは、相関関係、対立関係にあるわけです。そして、時間というものは究極的に永遠によって打ちひしがれる。そして人間はこの時間の中から、永遠へ到達するというのが、キリスト教的な哲学の考え方です。

ところで、西脇順三郎は「えてるにたす」というラテン語で「永遠」という意味の長篇詩を書いているわけですが、これは決してキリスト教的な理論に裏打ちされたものではありません。

一口で言えば、永遠も時間も同じである、という事なんです。引用した部分では少し解りにくいかもしれませんが、詩の終りの方を読むと、時間というものは無限の彼方から彼方へ流れていくそれ自体一つの永遠であると歌われている。

永遠の漂泊の旅人というのは、西脇さんの詩に絶えず現れるイメージです。中国の道教にこういう「無」の境地を説く節理がありますが、それとも違う。西脇順三郎独特の哲学であると思われます。

その哲学は、ぼくらには共感と共鳴をかきたてる。お読みになれば解ると思いますが、ペシミスティックにも感じられるし、ニヒリスティックにもとれる。しかし、ここにはヨーロッパ的な苛立たしさではなく、和ぎというか、静けさ、落ち着きがあるんですね。

時間と永遠の相関、対立関係がここでは消去されているんですが、これは弁証法的にとかそんなことではなく、もっと感覚的に一摑みに摑まれている。

詩人に限らず、小説家、批評家を含め、いわゆる言葉を使う文学者として、そういう境地に達した人は珍しいと思いますよ。というよりも、偉大と言った方が良いでしょう。「シムボルはさびしい／言葉はシムボルだ／言葉を使うと／脳髄がシムボル色になつて／永遠の方へかたむく」というのが冒頭の五行ですが、ここだけ読むと軽薄な感じを受ける人もいるかも知れません。

しかし、この「えてるにたす」という詩は最後まで読んで、もう一遍最初に戻ると、最初の五行が、軽みをもった重さ、つまりポエジーとして非常にデリケートな状態を軽みと言いますが、これを持っているという事がわかります。

口語自由詩型を日本に確立するという革命をおこしたのは、前からお話ししているように萩原朔太郎です。一九一七年の『月に吠える』でね。

しかし、革命というものには、陰と陽の部分がある。つまり、プラスとマイナスの部分があるんです。プラスの面を展開したのが西脇順三郎。マイナスの面を営々とかなり苦しみながら展開していったのが三好達治。

光のあたる、つまりプラスの部分というのは何かといえば、文語或いは雅語定型詩ではどうしても書けなかったことを、自由に詩を書くという面を口語自由詩型において開拓したということです。

日常に限りなく接近しながら、雅語定型詩とは違う詩的なものを新しく創り出す。ただ、あまり日常的なものに詩の言葉を近づけると、音の響とかリズムなどに詩的なものが失われ、小説の一節と変わらないじゃないかという不満が読者に起こってくる。言葉がどうしても固まらない、形が形にならないという一面が出てくるんです。これを三好達治という詩人は、一生懸命守った。何も偏狭、固陋な文語調を使ったというんじゃありません。文語ももちろん使うんですが、その時に現代的な薬味というか現代風のユーモアを混入するというような、実に種々な苦心をしています。

そういう意味では、この二人の詩人、三好達治と西脇順三郎はどんどん距って、敵対関係にまでなってしまいました。三好達治に言わせれば、西脇というのはバナナのたたき売りみたいに、言葉を安直に扱って詩を書いている、ということになりますし、一方、西脇順三郎の方では三好達治は白足袋なんか履いていて、なにが現代詩かということになるんです。

僕は晩年の三好さんと寿司屋でよく一緒になったんで、よく知っているんですが、三好さんは大抵、着流しでね。羽織りを着ていられたこともありますが、いつも白足袋なんだな。それで、西脇さんに言わせると、白足袋なんか履いている奴に現代詩なんか書けるかということになる。

つまり、白足袋というのは古典的というか、伝統的な遺産のシンボルなんです。そういうものを後生大事に背負っているような人間に、現代詩が書けるかというわけです。

今日、日本の詩は、小説よりも優れた業績を生み続けているジャンルだと、僕は思っています。ただ、小説と比べると、何分、読者の数は少ないし、世間的な意味での評価がなかなか得にくい。ジャーナリスティックな話題になりにくいわけで、現在の日本の詩がどんなに優れているかということは、百年、二百年経たなければわかりにくいだろうと思います。

一九四〇年代の後半から、つまり西脇さんが『旅人かへらず』を書いた頃から始まって、吉田一穂の「白鳥」が完成し、金子光晴が戦争中書いたまま発表されなかった『落下傘』、『鮫』が発表されて以来、いわゆる戦後詩を通過し、一九七〇年あたりまでの約三十年の間に、日本の詩は近代＝現代文学史中、画期的な時期を創った。

そういう時期の中心に西脇順三郎がいたんです。そして特に晩年、最後の三十年間、西脇さんは芭蕉に非常に興味をもち、親近感を示された。

芭蕉とマラルメを同一線上に並べて、自分の詩作はその線の延長上であるということをしきりにおっしゃっていました。つまり、俳句の遺産をきわめて独自な形で受け継がれたんです。

少し駆け足気味でしたが、これで僕の話を終らせていただきます。

永井荷風

たまたま三田に関係のある詩人五人を取りあげ、それで日本の近代詩あるいは現代詩の断面図を紹介したわけですけど、もう一人、ここで番外篇として、永井荷風を話題にしたいとおもうんです。

荷風といえば、「三田文學」とはたいへん関係のある方《かた》で、とくに久保田万太郎、堀口大學、佐藤春夫、いずれも、荷風が「三田文學」の主幹といいますか、編集責任者になり、その前に三田の文学部の教授に就任して、三田に荷風ありという名声が、文壇のみならず世間一般にひろがった時期に、荷風を慕って慶應大学へ入ってきた人たちですね。そういうことがあって、生涯、久保田さんにしても堀口さんにしても佐藤さんにしても、荷風の存在は、それぞれ大きな意味合いをもっていたわけです。それからまた荷風の方も、堀口大學の詩集、訳詩集については、三度ぐらい序文を書いているし、それから久保田万太郎の場合にも、二度ぐらい序文を書いている。これは単なる師弟の義理といえば義理かもしれないけれども、文章を読むと、単なる義理ではない、かなり中味の濃いものだということは、今読み返してみてよくわかりますし、それから荷風の文学と、久保田、堀口、佐藤といった人たちの文学とは、これはやっぱり、反自然主義ということでみんな共通しているわけです。単なる師弟愛じゃなくて、日本の近代文学の中の一つの流れといいますか、伝統というか、そういうものにつながる点だと思いますね。

佐藤春夫は晩年、つまり死の四年まえですか、ちょうど荷風が亡くなった翌年の一九六〇年、『小説永井荷風伝』というものを書いて、かなり複雑な心理状態を荷風とのあいだに繰りひろげていて、ここのところは荷風研究、あるいは佐藤春夫研究の場合に、ひじょうに重要なテーマに今後もなりうるんですが、それぐらい、永井、佐藤の間のかかわりあいというのは複雑で、深いものがあったということになるんだろうと思うんです。

いずれにしても、詩人・荷風というものを、これから考えていくわけですが、しかし、字面《じづら》の上で詩人というものをとらえると、荷風の場合には、いったいどれだけ、これまで話してきた五人にくらべてちゃんとした仕事があるのか、という疑問を、誰しももつだろうと思うんです。荷風全集を見れば、一巻を詩歌にあててありますが、その半ばは訳詩集です。とくに『珊瑚集』という、日本の近代訳詩集の中では、五指は無理にしても十指には十分数えていい、すぐれた訳詩集を出している、ということはあるわけですけど、あと、一巻の全集半ばは、俳句とか漢詩、そして彼がつれづれなるままに、憂さばらしのように書いた詩があるわけですが、しかしその漢詩は、これは全く若書きというものなのです。つまり彼が文壇へまだ出るか出ないかの、二十歳《はたち》前後の頃のものですし、それから詩とか俳句の方は、なんというか、これまで話した五人の詩人の作品とはまったく様子がちがう、プライベートな感じのもので、ちょっと人前で話題にするにはふさわしくなく、これは外すしかないと思うんです。

そうすると結局、『珊瑚集』に代表される訳詩集ということになりますが、いま、近代訳詩集の五指でないまでも十指に数えられると言ったのは、これは決して誇張ではなくて、ひじょうに重要な問題を含んでいるんですね。

というのは、この訳詩集を読めばわかりますが、ボードレールをはじめ、だいたい十九世紀後半期のフランスの詩を訳したもので、ヴェルレーヌ以下、当時名の知られた詩人がえらばれていますが、とくにアンリ・ド・レニエのものがかなりあります。このレニエという詩人＝小説家については、今はもう日本でも覚えている人は専門家以外にないだろうと思うんですけれども、このレニエに荷風はひじょうに親近感をもって、生涯、熱中しています。だから、荷風の有名な日記を読めば、レニエの作品をフランス語で読んだとか読み返したとかいう記述は、なんども出てきます。

それから、ランボーが一篇だけあって、このランボーの「そゞろあるき」と題する詩、これは原題は“sensation《サンサシオン》”、つまり「感覚」という題の詩なんですが、一番ランボーが若い頃、まあ若いといえばあの人は若い頃に全部書いているわけだけれど、その中でもとりわけ早い時期に書いた作品、これが、なかなかいい訳なんです。

この『珊瑚集』に収められた訳詩群は、荷風が『ふらんす物語』、それからその前の『あめりか物語』、この二つの文学作品をひっさげて、五年の外遊ののち、明治四十一年に帰ってきた直後に発表されたものです。つまり、彼の文名がにわかに高まって、今でいう新人はおろか、一挙に文壇の中枢に入っちゃって、その頃ようやく勢力を示してきた自然主義の対抗馬の旗頭に祭り上げられるという、めざましい時期の仕事なんですね。

言ってみれば、彼自身、新しい自分の文学、その背景になにがあるかということを、この訳詩集で証明したということにもなるわけですが、それだけではなくて、つまり、この三年まえ、明治三十八年に上田敏が、『海潮音』という画期的な訳詩集によって、フランスを中心としたヨーロッパの新しい詩を紹介したのと同じように、日本の詩壇といわず文壇全体に、海外の詩の新しい動きを現物でもって紹介した、そういうことにもつながるわけなんですね。

だけどそれは当時の話なんで、それじゃ現在『珊瑚集』を読み返してみて、どれだけの意味があるかという問題が、当然出てくるわけです。これは『海潮音』についてはいろいろ毀誉褒貶、問題があるわけですが、まあやっぱり歴史的な意味というのは、これはもう疑う余地がない。堀口大學の『月下の一群』については、すでにお話ししたように、昭和初年からはじまった現代詩の重要な活力剤として意味があり、今日においても、なおかつ現在性をもっていますが、『珊瑚集』について、そういう今日性ということは率直に言って、無理な話です。ただ、このなかにボードレールの訳詩が七篇ありますが、これはいまも注目に値します。

「死のよろこび」からはじまって「月の悲しみ」にいたる七篇ですが、当時の水準から考えてひじょうにすぐれたものであると同時に、現在も、これだけボードレールの詩境に感応し、接近して迫った訳詩は、そうそうあるもんじゃないということ、これははっきり言っていいと思うんですね。それからヴェルレーヌの訳詩も七篇、同じくあるんですが、この訳詩もかなりいいものですけれど、これは堀口大學さんのヴェルレーヌに受け継がれ、さらにもっと新しい装いでもって、すぐれたものにこなされているという事情があるんですね。ところがボードレールの場合だけは、これはやっぱり、いつまでたっても、荷風は荷風でなければどうしようもないという、そういう接近度が目にしっかり刻みこまれる。

ということとは、いろいろ理由はあるんです。ボードレールの『悪の華』のもっている、ああいう、詩的宇宙をつくるという試み、それを原詩は見事に実現したわけですけれど、それを荷風は、詩的宇宙なんて言葉は彼にはなかったと思うんだけれども、ともかく一摑みに摑みとっちゃったということ、これがなによりも大きな功績だと思うんです。それから、ボードレールの中にあるシニシズム、シニスムというのかな、現実世界を彩っている生の虚栄の空しさ、くだらなさ、そういうものに対して背を向ける、完全に背を向けているんじゃなくて、斜に構えるというとちょっと違うんですが、はすかいに背を向けていくという感じ。ボードレールの場合には、本心から、現世に対する嫌悪感というものもあったし、また、ダンディスムに転化されもしたわけですが、それがどうも荷風の生き方、文学だけじゃなくて生活全体にかかわる、彼の生のありよう、ありかと通ずるようなものがあって、いわば根本のところで、ボードレールのポエジーをすんなり受けとめることができたということが言えそうです。

それからもう一つは、ボードレールは、サンボリスムの出発点をつくったまことに偉大な詩人なんだけど、同じくサンボリストといっても、そのあとにくるマラルメだとかランボーだとか、あるいはコルビエールだとかラフォルグだとか、そうした人たちと決定的に違うところは、古典的な均整感というもの、これは精神といってもいいし、同時に詩的言語の問題といっていいんですが、この均整感がまことにすんなりと作品のなかにあらわになっています。そういう自然さが、ボードレールには身についている。もちろんマラルメなんかも、古典的なものをしきりと求めたわけだし、ヴァレリーになると、それがなければ詩でないような顔をして、先生、しきりに言うんだけど、ボードレールの場合は、べつにそんなことをやかましく理窟っぽく言わなくても、なんか身についちゃってる。それはやっぱりボードレール自身の問題でもあるし、ボードレールが生きた時代のせいもあるし、いろんなことがあるんですけど、そういう古典主義的な精神の均整感というもの、それがどうも荷風の場合、まったく別のありようですけれども、抽象化して言ってしまえばやはり古典主義というしかない、そういう精神の安定、均衡感、それが根底にあって、そこから抒情がたえず流れている。そして、その抒情が均衡感の上で繰り広げられ、展開され、古典的な均衡そのものの表白となってゆきます。ときにはまったく倒錯した形ですけれども、この均衡感の世界が、円満具足につくられるということもあるんですね。だから、内実は別物ですが、こういう古典主義的な精神のあり方が、荷風をボードレールにきわめて身近な形で接近することを許した。こう言っていいんじゃないかと思うんですね。

このボードレールにくらべると、レニエは、いまはだれも読まないし、レニエの訳詩は必ずしも荷風の『珊瑚集』の中ではいいものとは思えませんから、忘れられても致し方ないと言わざるをえないでしょう。そのほかにも、ノワイユとかサマンとかがあって、こういうのは荷風文学の中にいろいろな形で反映はありますけれども、しかし、単なる訳詩集として見た場合、このボードレールの七篇とヴェルレーヌの七篇、この二つだけは現在も生きつづけているし、また生きつづけるべきだと、ぼくは思うんですね。そういう意味で、明治の、と言わず、近代、現代に至る訳詩集の中では、やっぱり十指のなかに数えていいものだといっていいでしょう。

ついでに付け加えれば、上田敏の訳詩集の『海潮音』の中では、ボードレール、もちろんあります、マラルメもありますが、こういうサンボリストよりもむしろもう一つ前の世代の、パルナッシアンとよばれる詩人たち、つまり、ホセ・マリア・エレディア、ルコント・ド・リール、こういうものの訳詩がひじょうにすぐれている。あれだけ豪壮な日本語を使い、しかも繊細この上ない目配りをした訳詩は、やっぱり『海潮音』の中で一番の出来栄えだと思うんですね。

もちろん、上田敏はサンボリストたちの運動にはことのほか親近感ももっていたし、彼らの詩業がひじょうに重要だということもよくよく知っていた最初の日本人ですけど、しかし、その訳詩集に見るかぎりは、どうも、パルナッシアンの方がいい。はっきりいえば、パルナッシアンとサンボリスムは決定的にちがうという、そういうことがまだ敏にはわかっていなかったということでしょうか。

これは荷風の『珊瑚集』の場合にもそういうことはいえるんで、レニエという人は、マラルメの側近みたいな人だったんだけど、実際、彼は自分の詩人としての仕事の中では、パルナッシアンとサンボリスムを融和させようということをたえず志していた人で、そこがまあレニエの詩の甘さでもあり、また甘さを好む人にとっては魅力にもなっているわけなんで、だから現在では、レニエをサンボリストに入れる人はまずいないし、フランスの十九世紀か二十世紀の近代詩人の中でも、二流に置いてもすこしほめすぎ、まあ三流詩人というのが通り相場じゃないかと思います。つまりサンボリスムももちろん抒情といえば抒情のように読めないこともないですが、その抒情をたえず濾過し、一つの精神の在り方にまで高めたというのが、サンボリスムの一番大事なところで、だから詩的宇宙とか、形而上的な世界構築へと、たえず高まり拡がっていくわけですけれども、レニエにはそういうものはない。しかし、この人には、さっきボードレールのときに言ったように、やっぱり古典主義的な典雅さ、精神の均衡感というよりは言葉の典雅さというものはたえずあって、そういう典雅さに荷風が心惹かれつづけたということ、これは覚えておいていいことですね。

結局、詩人・荷風を、額面通りというか、字面だけで考えれば、『珊瑚集』の訳詩家ということになるわけですが、じつは荷風の詩人性というものは、必ずしもこういう訳詩にだけ現れているわけではないんで、もっと奥深いというか、もっと内面的なところで荷風の詩人性をとらえなきゃいかんだろうと思うんですね。したがって、ここで、五人の詩人のあとに荷風を据えたのは、必ずしもなにも三田というようなことじゃなくて、やっぱり前の五人の詩人同様、日本の近代文学、さらに現代文学、そういうものの基本に横たわる重要な路線、それを一つ明らかにする手がかりになろうかと思ったんです。

それじゃその荷風の詩人性というのは何かというと、これは今さっきまでの話の中に出てきたことなんですが、まず荷風の文学には一貫して抒情、つまりリリシズムがある。これはひじょうに大きな問題ですが、これはまあ誰にでも、すぐわかることでしょう。

それからもうちょっとわかりにくいことかもしれないけど、ちょっと注意深く読んでもらえばわかることですが、これもさっき言った古典主義的な均衡感というか均整感というか、それと典雅な端正さ、それが彼の使う言葉、つまり、文学言語の中にいつも出てきている、この二つなんですね。

この二つがどこから来てどういうふうに荷風の中で育てられたか、ということを問題にしなくてはなりません。これを如実に物語っているのが、大正十五年に発表された『下谷叢話』です。彼の文業の大半が終っちゃった、というのは、荷風は『あめりか物語』『ふらんす物語』以来、明治四十年代から大正初期にかけて、ずっと仕事をさかんにして、『腕くらべ』とか『おかめ笹』とかいうような重要な小説を書くわけですが、そういうものを書き終ったあとの時代ですね、そして昭和に入って彼は、一種のリバイバルと世間ではその当時いわれたわけですが、『ひかげの花』や『濹東綺譚』といった、いくつかの名作を書き、また戦後には戦後で、もういっぺんまた荷風の名声は高まるわけだけれども、戦後の作品はこれは付録のようなもので、文学的に問題にするような内容はないでしょう。いずれにしても、明治末期から大正にかけての彼の活発な文学活動がいちおう終った直後に書かれたもの、それがこの『下谷叢話』なんですが、『下谷叢話』は、読めばわかりますが、今の若い方がどこまで本当に楽しんで読めるかどうかは、ちょっと疑問だと思うんだけれども、結局これは、江戸末期から明治初期にかけての儒者であり、同時に漢詩人だった人たちの伝記なんですね。

いわゆる史伝と称するもので、荷風自身、この『下谷叢話』を書くにあたって、彼が尊敬措くあたわざる人物だった森鷗外が晩年に書いた『澀江抽斎』『伊沢蘭軒』『北条霞亭』、とくにこの『抽斎』と『蘭軒』に従って書く、と自分でも言っているし、事実、読めば、それらしき面影はいたるところにあるわけですけれどね、まあ、抽斎、蘭軒についてはきょうは話題にするわけにはいかないんで、また別のときにしますけれども、ともかくその江戸末期の儒者・漢詩人が、明治の十年代、あるいは二十年代まで生き延びたその生涯をたどってゆくんです。

それは、そういう人たちの生涯に、荷風自身がひじょうな共鳴感、親近感をおぼえた、ということ、これはまあ言うまでもない。しかし、もう少し身近というか、もっと切実な衝動が、彼の中にはいつもあった。というのは、この『下谷叢話』の中の二人——江戸末期の儒者詩人が、数限りなく、というと大げさだけど、数十人出てくるわけです。数十人出てくるわけだけれど、この中での焦点になる人物は二人いるわけです——それは、一人は大沼枕山、それからもう一人は鷲津毅堂《わしづきどう》、この二人なんですね。

ところがこの大沼枕山も鷲津毅堂も、実は、これは鷲津家の出の人なんです。大沼枕山は、大沼という姓になっていますけれども、これは父親がもともとは鷲津家の人なんで、それが大沼家の養子というか、大沼家を名のるようになっちゃって、いってみれば一つの血族なんですね。それで手っとり早くいうと、鷲津毅堂という方《かた》は、荷風の母親の父親、つまりお祖父さんなんです。いま、血族といいましたけれど、じつは『下谷叢話』は、永井荷風がみずからの血縁について語った、いわば身内の人の伝記ということになりましょう。だからいま、切実な感じがあると言ったのはそういうことをも含めてですが、もちろん、それだけではないのです。つまり、血族ということは荷風にとって気持ちの上ではひじょうに切実だったけれど、この作品そのものの中ではそれほど大事なことではないんです。

何が大事かというと、結局、鷲津毅堂と大沼枕山、いや大沼枕山と鷲津毅堂というべきなんですが、いつもこの二人の生涯の事蹟を並行して彼は書くんですが、大沼枕山を良しとし、鷲津毅堂を悪しき、ではないけれど、鷲津毅堂には、ちょっと憚るような姿勢で書いていくんです。それはどういうことかというと、荷風自身の文章を引用した方がいいでしょう。

これはまだ明治になる前ですが、いわゆる安政の大獄とよばれる大事件が起こって、幕末の政情が極度に不安定になった時期のことです。ペリーの黒船が来て、抜きさしならんような状態になってくるときですね。その安政元年ですが、国論沸騰のさなかに書いた大沼枕山の漢詩を引用して、こういう感想を書きつけているんです。枕山の漢詩は、要するに、定家じゃないけれど、「紅旗征戍吾事ニ非ズ」という風の、一応は反世俗、今日風に言い直せば、現実参加のアンガージュマン文学にきっぱり背を向ける姿勢です。
この文章を引用しますと、

わたくしは此律詩をこゝに録しながら反復して之を朗吟した。何となればわたくしは癸亥震災以後、現代の人心は一層険悪になり、風俗は弥頽廃せんとしてゐる。此の如き時勢に在つて身を処するにいかなる道をか取るべきや。枕山が求むる莫れ杜牧兵を論ずるの筆。且つ検せよ淵明が飲酒の詩。小室に幃を垂れて旧業を温めん。残樽断簡是れ生涯。と言つてゐるのは、わたくしに取つては洵に知己の言を聴くが如くに思はれた故である。

ということは、さっき言ったように、「紅旗征戍吾事ニ非ズ」なんで、そういう、国家の大事をガタガタ議論してまわる、志士、壮士風の政治論、そういうものは自分には関係ない、ということですね。要するに自分は酒を酌み、詩を誦し、文辞にすべてをまかせればいいということで、これは荷風の文学に一貫した非政治的な、アポリティックな姿勢にまったく通ずるわけですね。

したがって、この『下谷叢話』の中で、どちらも身内でありながら、お祖父さんにあたる毅堂という人にはどうも憚るような姿勢、もちろん、親しみはひじょうにもっているわけだけれど、やっぱりなんとなく、自分の気持ちにちょっとそぐわないというところがある。これに対して枕山に対しては満腔の親近感をいだいて接近しています。もちろん、枕山も血族のひとりですから、そういったつながりの親しみもあります。しかし、それだけでなく彼が、自分の文学の源泉を、こういう、枕山に代表される江戸の漢詩人のもってい る、世事に超然とする精神的な余裕の表現、それをわがことにしたいということなんで、それが『下谷叢話』の中で、見えつ隠れつ、大きな主題になっています。だから、枕山、毅堂と並べるんだけど、やっぱりいつも枕山を上にして、書き出しも枕山からはじまるんです。

枕山は超然としているようだけれど、実をいうと、枕山という人の漢詩ほど、当時の世態風俗を唱ったものはめずらしいのです。彼はたいへん長生きをして、生まれたのが一八一八年、亡くなったのが九七年といいますから、八十歳近くまで長生きしたわけです。九七年といえば、明治三十年に当りますが、それだけ長生きし、詩作の時期がほぼ六十年におよぶわけで、その間の風俗の移りかたを、実に的確かつ微細に漢詩の中で唱っている。だから、彼の漢詩を読めば、明治新政府になってどういうふうに風俗が変わったか、それをかなり風刺をこめた唱いぶりで唱っています。たとえば駕籠が馬車になったというような違いがよくわかり、燈明だったのがガス燈になった、そういう違いとか、まったく明治初期の開化絵というのかな、錦絵、ああいうものを彷彿とさせるような風俗描写、それがよく出ているんです。

こういう風俗への細かい目くばり、しかもそれをたえず批判的に、いや批判というよりシニックな目で見ていく、そういう目も、いま言った、いちおう世間から超然とするというところから来てるわけだけど、完全に超然とできないんで、たえず世間のことが気になる、そういう人間くささ、それはやっぱり荷風の小説にも一貫して流れているわけですね。荷風という人はやっぱり、小説というものは人情世態を書くことを主眼にしていますが、その際風俗を刻明に書くことを手がかりにしてゆくんです。従って、やたらと自分の生の苦しみを独善的にデレデレと書く、自然主義的な——自然主義といっても日本の自然主義ですが、——そういうものは文学じゃないということを、痛烈に批判しつづけてきたわけですけどね。しかしそういう荷風の風俗描写の鋭い筆づかいは、一応、フランスのナチュラリスム、つまりヨーロッパの小説から受け継いだように見られていますけれども、実をいうと、すでに彼の外戚の詩人の枕山がそれをもっとも手際よく的確に行っていたわけで、枕山という人の漢詩は、漢詩に縁のない若い人たちは、枕山であろうと頼山陽であろうと、みんな同じにわけのわからないものだということになるかもしれないけどね、枕山の漢詩は初歩者が読むに一番ふさわしいんです。

たいへん平明な語句、字句を使って、しかもいま言ったように、新しい、岡蒸気でもガス燈でも、ちゃんと詩にしちゃってるんです。そういう平明さと観察眼の的確さが枕山の身上で、江戸漢詩における彼の独特の面白さでもありましょう。江戸の漢詩というと、天明、寛政、文化、文政と、この時期にクライマックスを迎えるんですけれどね、そのあと天保時代になって、ちょっと下降しながら、幕末から明治に入るわけですが、枕山を天保以降の江戸詩壇の最高峰とは、ぼくにはちょっと言いにくいんで、というのは、梁川星巌《やながわせいがん》なんてのがお玉ガ池に居を構えていて、この人がなかなかとたいへんな詩才を発揮しているんです。だから、最高峰とはいいにくいけれど、しかし、星巌と枕山というのは、これはやっぱり天保から幕末にかけての日本の漢詩のチャンピオンといっていいんですね。

で、おもしろいことに、星巌という人は、勤皇の志士なんかとの交友も深くて、昔は勤皇の詩人のように思われていたけれど、実際はそうじゃなくて、ただ、志士たちと多少の付き合いがあったことは事実だし、また、そういった態度で国事を詩の中でうたったこともたしかだけど、しかし、彼の詩人としての本命はそうじゃなくて、抒情、あるいはときには叙事、こういうものを、それこそ中国の唐、宋、明、清といったあらゆる時代のスタイルをマスターしてうたった、たいへんペダンティックといえばペダンティック、レトリシアンといえばレトリシアンなんで、およそこれも枕山とはまったくスタイルが正反対になるわけです。枕山の漢語はかなり、日常会話とはいいにくいけれど、それほど文学的背景についての教養がなくてもスッとはいれるような身近な親しみがあるんですね。

ここでちょっとお国自慢を……（笑）。お国自慢というわけじゃないけど、岐阜生まれのぼくにとって、興味深いというか、懐しい因縁を言っておけば、この鷲津家は、愛知県の犬山の近く、丹羽郡の出身なんですね。だから尾張藩なんです。それで梁川星巌は川を二つ、つまり木曾川、長良川を隔てた長良川の西岸の、いまの大垣の近くの出身で、いずれも中京詩壇ともいうべきところのボス格の人なんですね。ただ、鷲津家にしても梁川星巌にしても、京都で修業したり東京で修業したりしていますから、かならずしも中京的な特色はそれほどはっきり出てるわけじゃない。つまりローカルカラーの強い詩人ではないんだけど、江戸時代の漢詩人は、それぞれ各地に蟠踞してまして、たとえばちょっと前になりますが、竹田《ちくでん》ですね、竹田とか、広瀬淡窓、旭荘《きょくそう》といった人たちの大分、それから秋山玉山《ぎょくざん》を中心とする熊本などを一まとめにすれば九州詩壇というべきものが考えられます。それから京、大坂はいうまでもない。それから江戸は江戸で、天明以来の江戸詩壇の四天王というのがいるわけですね。そして幕末には、鷲津毅堂を中心として、尾張から美濃にかけての濃尾詩壇出身の詩人がたくさんいて、これが明治になっても活躍するわけです。

　つまり鷲津毅堂と大沼枕山、その周辺にも森春濤という、これまた偉い詩人がいるわけです。そして、この森春濤の息子が森槐南といって、この人は伊藤博文にたいへんかわいがられて、最後は伊藤博文と一緒に朝鮮でピストルの銃弾を受けて、それがもとで死んじゃうわけです。だから漢詩人が伊藤博文にかわいがられるということは、かなり政界というか官界に取り入るというか、取りこまれているということなんで、ともかく、そういう詩人がいるわけなんです。

で、鷲津毅堂も、実は、大沼枕山と逆に、政治の世界に首をつっこんでいる。まあ首をつっこんだというか、つっこまされたというのか、つまり、この人は、今いったように尾張藩の出ですが、江戸で儒者・漢詩人として名を成したころに、尾張藩によびもどされるわけです。で、藩校の主任教授になるわけです。で、それは単なる学問を教えるというだけじゃなくて、殿様の政治顧問みたいなことをさせられて、それでたまたま、もう幕末ですから、尊皇攘夷、あるいは佐幕、どっちかで、各藩の藩論が沸騰する、そういうさなかに、鷲津毅堂は、彼が侍講として教えた人が藩主になったせいもあったんでしょう、鳥羽伏見の戦いのときにはともかく兵を引け、と、皇室に背いちゃいけないと言って、佐幕じゃなくて尊皇側にはっきり尾張藩をしちゃった、そういう功労者なんですね。しかし、それは当時としてはたいへんな政治的活躍なんで、とくに尾張藩といえば親藩なんですから、親藩を佐幕じゃなくて尊皇へ向けさせたということは、これはもう、幕府全体の政治的な動向を決定したということにもなるんです。ともかくそういうわけで、鷲津毅堂は、いってみれば、漢詩人でもあり儒者でもあるんだけど、それだけじゃなくて、はっきりいって政治家といっていいだろうと思うんですね。

こういう政治的な功績が、明治になって新政府から認められ、評価されたのでしょう、宮城の登米県というところの知事に任命されるんです。しかし、まもなく知事の職を辞め、中央政府の官僚になるわけです。しかし、やっぱりこの人の本性は学者であり詩人であるというところに魅力があるわけなんで、いま鷲津毅堂の詩を読めば、官僚の手すさびといったものではなく、明治詩壇の一角に厳と位置しています。ただ、枕山と違って、世事をたんなる観客として、皮肉っぽい目でつっぱなして見るということはどうもできないんで、もう少しわが身に引き寄せて述懐するというところがあり、これはおもしろくないといえばおもしろくないし、おもしろいといえばおもしろいんですが、しかし荷風にとっては、そういう人間は煙ったいというか、どうもしっくり身にこないということは、これはもう言うまでもない。

こういう二人の血族の詩人を、彼は『下谷叢話』の主役にしながら、枕山をよしとし、毅堂をちょっと遠ざける。そういう遠近感覚ですね、自分との関わりあいにおけるそれを、伝記の中で書いているんで、そういうふうに読めば、これはドラマチックな、しかもおもしろい、小説以上に小説的な作品といえるんで、こういう点が『抽斎』、とくに『蘭軒』ですね、『蘭軒』なんかとはかなり違った要素をもっているだろうと思うんです。『抽斎』にしても『蘭軒』にしても、これはもう大文学なんですけどね。つまり、言ってみれば『抽斎』や『蘭軒』、特に『蘭軒』は一大叙事文学ですね。ところがこの『下谷叢話』というのは、もちろん抒情の文学ではありませんが、かなり自分の、作者の思いを、それとは見せないけれどもストレートに出しちゃったというところがあって、やっぱり、事を叙べながらじつはおのが情を叙べている風に読める、いや、そう読んで、この作品は生きてくるんです。それならば、彼の情、つまり、作者荷風の情がどういうものであるか、それが問題になります。

ここで、ひとつ、おもしろい引用を、またします。これも『下谷叢話』の一節ですが、毅堂がまだまだ若い頃を物語ったくだりです。尾張から江戸へ出て、学問をするために、いわゆる笈を負って江戸に出るわけですが、その前に、尾張の近くの伊勢の藤堂藩の藩校に勉強に行く。ところがどういうのか、教授がそれほど魅力がなかったのか、偉い教授がたくさんそこにはいたんだけど、どういう事情があったのかわかりませんが、彼はどうもそこで落ちつくことができなくて、すぐ国に帰っちゃったんですね、尾張へ。ちょうど雪の降るさなかにうちへたどりついたんです。で、母親が出てきた。ところが、母親は、自分の息子の所行は実に嘆かわしい、こういう志の弱いことじゃダメだといって、家へ入れなかった。そしてすぐ江戸へ行って勉強してこい、と追いだすわけです。これはたしか中江藤樹にもそんなような話がありましたね。当時のいわゆる美談のパターンなんですね。そして、少年毅堂は江戸へ出て、昌平黌へ入って一心不乱に勉強し、それがまあ毅堂が名を成す礎《いしずえ》になったと、まあ、こういうエピソードを記述したあとで荷風はこういうことを書いている。これは荷風の文章です。

往昔儒教の盛であつた時代には、人は教訓を悦び美談を聴くことを好んだ。古人は事に臨んで濫に情を恣にせざる事を以て嘉すべきものとなした。喜怒哀楽の情を軽々しく面に現さないのを最修養せられた人格となした。今日は之に反して情を恣にする事を以て人間真情の発露を見るものとなし、たま〳〵情を押へて忍ぶものあれば、目するに忍人を以てせんとするが如くである。江戸先哲の嘉言善行にして世に伝へらるゝものは既に鮮くない。鷲津毅堂母子の逸事の如きは特に記すべき価なきものかも知れない。然しわたくしは大正十二三年の世に在つてたま〳〵之を聞くに及んで、その儘これを棄去るに忍びない心地がした。其理由と合せて茲に之を記する所以である。

今の若い人が読めば、なにを世迷い言を言ってるんだ、ばかばかしい子供だましじゃないかと笑われるかもしれないし、荷風の文学を、特に小説を読んだ人ならば、おかしいじゃないか、荷風がこんなことを言うのはと、荷風こそ、情を恣にする、人間のありようを濫《みだり》がましく書いた張本人じゃないか、というかもしれない。これこそ矛盾もはなはだしいということになるかもしれないが、実はそうじゃない。彼がここで非難している当今の文学は、これは自然主義文学なんです。

自然主義文学が、おのれの情欲の欲するままに生きることを、あるがままの人生といって、早い話が、島崎藤村なんかが『新生』のなかで刻明にえがいた、姪との情事というか、姪との間に子どもをつくった話、これはとんでもないことでしょう。つまり人倫五常にもとる獣行と、荷風ならば言うところでしょう。かといって芸者と遊び、みだらなことをするのは、このルールの外にあるわけで、荷風の日記には、その種の記録が沢山載っています。だから芸者とか売笑婦とか、そういうのはもう、人倫五常が支配する世間道とは違う別世界、そこでならなにをしてもよいというそのけじめ、だから、人倫五常が守られるべき姪と叔父との間、そういう間柄で、道ならぬことを行い、道ならぬ結果が出るというのは、これは許すべからざることというわけでしょう。しかし、相手方の自然主義派からいえば、本能に従って人間が自由に振舞い、それをあるがままに書けば、まさに真実一路の道を探求するんだというこことになるわけなんで、新しい文学の本道、ここにありということになります。しかし、荷風はこうした文学のあり方、いや生のあり方に真向から反対するのです。

ここで、さっきからぼくが言っている古典主義の問題が出てきます。古典主義の精神の均衡を保つには、いま言った人倫五常の道が守られる世界を設定する。その世界の中では、やっぱり人倫五常を守らなきゃいけないんで、それをやってはじめて精神のバランスがとれる。とすれば、その結果、それが文学に出てくるときには、それが、均整のとれた、典雅な文章という形式になって出てくるんで、ああいう自然主義のように無茶矢鱈な文章法、とくに岩野泡鳴の五部作のごときは、これは一番極端なものですけど、無茶苦茶な文章を書く。とにかく自然主義作家の中で荷風に匹敵できる文章家を挙げるとすれば、比較は無理かもしれないが、やはり徳田秋声ということになるでしょう。秋声の文章、文体には独特の艶といったものがあって、これは他の自然主義作家にはないものです。

そして、また、この荷風のもってる文章の魅力とも違ったもので、秋声の場合は内から出てきている艶なんです。荷風の文章には艶はないですよ。艶は、あってもそれはつくった艶で、いつも人工性がつきまとう。しかしその人工性こそが、まさにさっきから言っている古典主義の世界設定の構造から生まれてきたものなのです。この世界の中で守られるべきルール自体が、すでにつくられたものであることはいうまでもありません。そういうアーティフィシャルというのか、フォーマルの、いい意味でのアーティフィシャルなんですが、そういうものの成果なんで、こういう人工性を、文学的にもっとも完成した形に実現したのは、江戸の漢詩だと思うんですね。

その江戸の漢詩は、国事を論じもしたけれど、おおむね抒情ですが、叙事ももちろんあって、この点、和歌や俳句とはちがいます。いま、江戸漢詩を読むひとは、ほんの一握りの少数派ですからそういってもわかりにくいかもしれないけれど、やっぱり花鳥風月とは違った叙事があって、これは注目しておくべき事柄でしょう。まあ、それはそれとして、江戸漢詩の抒情ですが、それは短歌よりも、むしろ俳句のそれに近く、日常的な風俗をできるかぎり日常的な次元に即しながら、そこに自分の情を叙べるというのが、江戸漢詩の抒情の特色なんです。だから、菅茶山、菅茶山といえば、いま言った江戸漢詩の第一等の詩人ですが、それと蕪村とはほんとに背中あわせだと、ぼくは思うんですね。蕪村の句にしたって、これ、抒情ですよね。しかも、その抒情はかなり近代的な感性に裏付けられた抒情なんで、それと対になるのが菅茶山なんです。

さて、この江戸漢詩を生き生きとさせていたものの根幹が抒情、それと、それをつくっているのは古典主義ということですね。これを、荷風は受け継いでいるわけです。

まあ話もだいぶん進んできたんで、最後にまとめをしますが、荷風の中の抒情は、どういうものか。これは『ふらんす物語』、その前の『あめりか物語』というものからはじまって、ずっと、最後の『問はずがたり』あたりまで、一貫したものとして抒情はあります。

その抒情は、ときにはセンチメンタルな、安っぽい抒情にもなるし、ときにはひじょうに高揚した抒情で、それこそ天地をすくいとるというような高邁な抒情もあるんだけど、こういう抒情は、いままではフランスのナチュラリスムから受け取ったものというふうに考えられてきた。そのフランスのナチュラリスムといっても、荷風はゾラの『地獄の花』という翻案小説でもって一応デビューした人ですけど、ナチュラリスムの本道を荷風はつかんでないんです。本道というのは、フローベールから始まり、その前にバルザックがあるわけだけど、バルザック、フローベールはともかく、ゾラですよね。それからゴンクール。そういった作家たちの文業の核心には、社会の全体像を描くということが究極の目的としてあるわけで、抒情性ではなく叙事ということがきわめて大事だったんです。荷風自身がこういうことを知らないはずはない。あれだけフランス語の小説を沢山読んだ人ですから。

ナチュラリスムに限らず、ナチュラリスムの前に登場したバルザックにしても、さらにその前にあったヨーロッパの近代小説全体が、抒情ということはむしろ副の副にして、眼目はいつも叙事なんですね。ヨーロッパの近代小説は古典以来の叙事と劇をベースにしてつくられてきたわけですから、抒情というものがあればそれはつけたり、というと言いすぎだけど、まあ、やっぱり添えものといっていいでしょう。ところがフランスのナチュラリスムの二流作品にはしばしば、叙事よりも抒情が目立ち、またその抒情が勘所といった作品があります。こういった傾向はドイツの自然主義小説なんかにもあって、諦念のリリシズムなどとよばれています。つまり人生というものはこういうもんだ、幸福でもなければ不幸でもない、こういうのが人生だといって、一種の諦観の境地に、主人公が、自問自答しながら自分を納得させる。ちょうどモーパッサンの『女の一生』の最後のところね。ああいうものですよ。

モーパッサンはわりに叙事的な骨格もちゃんとつくれる人だし、それに短篇という得意芸でもって、人生の苛烈、酷薄な断面の切り取り作業ができた人だから、抒情はそれほど露骨に出てませんし、彼の文学の大切な部分でもありません。しかし、荷風そのひとは「ああ、モーパッサン先生！」といって、モンソーの公園のモーパッサンの石像の前にひれ伏した経験の持主なんで、その彼は、一応、表づらでは、モーパッサンの苛烈な人生把握というものを讃嘆したんだろうけど、実情はどうもそうではなくて、モーパッサンのもっている抒情というものにホロホロと、いま言った『女の一生』の最後のような、ああいうホロホロとした諦めムード、そういうものにどうもイカレたんじゃないかと思われるふしがあります。

モーパッサンはいずれにしても真っ当、レアリスティックな作家で、自然主義の本流に棹さした人ですが、実は、アンリ・ド・レニエ、はじめに名前を出したレニエこそは、まさにそのナチュラリスムの抒情性をなによりも大事にし、また、それが命のような小説を書いた。だから、彼は詩人として、さっき三流と言いましたが、小説家としては、三流はちょっと酷でまあ二流といってもいいかもしれない。むしろ詩よりも小説における抒情のほうが、まだしも本物のようなところがあります。彼だけではなく、世紀末から二十世紀の初頭にかけては、ナチュラリスム小説家の亜流のような作家が、たくさん出てくるんですよ。そういう人たちは、みんな、抒情を売りものにしているんです。それで、あの荷風の日記を読むと、彼はずいぶんフランスの小説を読んでるし、その小説は、いま言った、日本ではあんまり人が読まないような新しい小説を読んでるんだけど、いま言った抒情が売りものの、ナチュラリスム系の亜流なんです。亜流をたのしんで読んでいる。これは、荷風は批評家じゃないから、あくまで自分の小説にどれだけ参考になるか、使えるかという、プロフェッショナルな下心で読んでいるんだろうと思いますが、いずれにしても、ナチュラリスムの中の二次的な要素であったリリシズム、そういうものに彼は感応したというところが、彼の文学の強みでもあり、弱みでもあるといえます。

だから、中村光夫さん以来、みんないうことですけど、日本の自然主義小説というものは、実はナチュラリストとは関係ないんだ、似て非なるものだ、と。ほんとうのフランスのナチュラリスムに近いのは、近いといっても、いま言ったような内実なんですが、永井荷風ひとり、ということになっています。ところが日本では、永井荷風というものは、自然主義なんて名前とは全く無縁な、反自然主義の唯美派のチャンピオンになっているわけで、ここが日本とフランス、あるいはヨーロッパとの重要な違いなんで、フランスのナチュラリスムからいえば、永井荷風ほど、フランスのナチュラリスムの技法をマスターした小説家はいないということになりましょう。

しかしそのナチュラリスムは、ゾラとかモーパッサンとか、そういう人たちに比べると、第一義の要素である叙事的なものにきわめて乏しい。つまり、社会全体を一つの小説空間のなかにとらえる、そういうまなざしが全くできていない。彼が書くのは、だから、

『腕くらべ』にしても、その他、いろんな作品にしても、みんな色街の世界で、色街が社会の縮図、あるいは代用物だといえばそれまでのことですが、それは言いのがれで、色街で世の中が成り立ってるわけじゃないんで、色街というのは世の中の裏側、あるいは影の部分としてしか存在しないんです。影であればこそ色街なんで、色街が社会のミニアチュールだとか、そういうことにはぜったいにならない。だから、ぼくは、荷風の小説の中で一番興味深いというか、一番おもしろいと思っているのは『おかめ笹』なんです。『おかめ笹』には、色街はでてこない。それこそ、夏目漱石が自分の小説の材料にしてもいいような世界を材料にしてるんですが、ただ、あれは結局書けなくなった。中途で放棄された作品、こういうことなんですね。

　だからここが、荷風の限界といえば限界ですけれど、つまり弱み、この人は、自然主義というものを、本場のフランスのナチュラリスムを受け継いだけれども、その副次的な要素である抒情にしか反応できなかったということになります。しかし思えば、その抒情こそは、彼が父祖以来受け継いだ、漢詩人が情を叙《の》べること、世間の風俗を叙《じょ》しながら、それを踏み台にして情を叙べる。それが荷風の中に脈々と生きつづけた。こういうことなんだろうと思うんですね。

　だから、そういう意味では、荷風はりっぱに詩人だったし、また、その詩人であることが、明治、大正、昭和とつづいた、日本の自然主義以来の文学主流のなかで、きわめて貴重、かつ独特の水脈を生みだしたことになります。

しかし、自然主義者の中には、詩人だった人、詩人である人は何人かいるわけでね。島崎藤村はいうまでもないが、岩野泡鳴だってそうなんです。しかし、この人たちは、やっぱり、詩人であることを殺しちゃったり、あるいは生き埋めにしたりして、そして荷風にいわせりゃ、無茶矢鱈な、情を恣にする小説を書いた、ということになるんだけど、殺しちゃったのは岩野泡鳴です。生き埋めにしたのは島崎藤村。

しかし、島崎藤村は、生き埋めにしても、ちゃんと息だけはさせておいたんです。だから、『夜明け前』で、いったん隠したポエジーがもう一ぺん出てきて、ああした日本文学の最高傑作が書けたわけだけど、どうも、荷風はそういう点、育ちがいいのかどういうのか知らないけれども、あるいはそれこそ自分のポエジーを恣にしたのか、たえず、そういうポエジーっていうものを、小説の中で生かしつづけてました。それが荷風の人気にもなったかもしれないけれど、こうした詩、いや詩的なるものとのデレデレした野合は小説創造にとって、あまりいい結果を生みません。彼は小説家としては、やはり二流といわざるをえないのです。しかし、ここから先は小説の話になりますから、この問題に深入りするのは、また、別の機会にしましょう。

大読書人の読書術

解説
池内 紀

『三田の詩人たち』は可愛らしい本である。薄手のスマートな一冊で、五人の詩人たちが語ってある。おしまいにオマケが一つ。

語り口がやさしい。それぞれ詩人にまつわることを簡潔に述べ、つづいて代表的な作品集から二、三篇が紹介される。味わいどころが指摘され、「ナルホド」と納得がいったところで、終わりが告げられる。その呼吸が絶妙で、ますます次回がたのしみになる。

しかし、どうも、可愛らしいだけの本でもなさそうである。タイトルの「三田」は慶應大学のこと。ここにゆかりの五人が選ばれた。オマケの大物も同じく慶應に縁が深い。

ふつう、このような場合、大学の歴史や性格や特色が熱っぽく語られるものである。「私学の雄」といった言葉が出てきて、ついてはライバル校の早稲田と比較され、さらには私学と官学との対比から帝国大学文学部までが出てきたりする。タイトルからして、おのずとそんな予測をさせるものだが、ここではまるでちがう。

「……多少僕の好みにまかせて選んでみたら、慶應と極めて縁の深い人ばかりになったのは、偶然のことながら、御同慶の至りです」

実質的には、ただこれだけ。本にはタイトルが必要なので、偶然ではあれ、さしあたり共通した一項を借りたまでのこと。

語り口はやさしいが、しかし、この点でもやさしいだけではなさそうだ。選ばれた五人にしても、ふだん「詩人たち」と呼ばれるタイプではないだろう。久保田万太郎は俳人・劇作家、折口信夫は歌人・国文学者、佐藤春夫は小説家、堀口大學はフランス文学の翻訳。西脇順三郎にきて、はじめて詩人らしいが、英文学者としても知られていた。さらに六人目、永井荷風に詩作めいたものがなくもないが、「人前で話題にするにはふさわしくなく」、外すしかないと断わりながら、堂々と番外にとりあげた。

作品紹介にしても、やさしいなんてものじゃない。俳句なり短歌なり詩なりをとりあげるとき、たいていの語り手は当の作品にまつわり必要と思われる事情を合わせて話すものだが、そんな手続きはいっさいない。

「ここに二十ばかりの俳句を選んでみました」

それがそっくり掲げてあって、直ちに作品に入っていく。堀口大學によるアポリネールの訳詩には、つづけてフランス語の原詩がつけられ、「読んでいただけばわかる」とある。マラルメでは、原詩、上田敏訳、堀口訳が並べてあって、「フランス語が読める人にはすぐ分かるだろうと思いますが、両者の訳詩の違いに大きな問題点があるんです」。

仮にフランス語が読めても、ちっともわかるまい。むしろべつのことがわかってくる。これが可愛らしい本でも、やさしい詩の鑑賞でもないということ。日本の近代詩にかかわり、とりわけ重要な事柄が語られ、それをこのように語れるのは、篠田一士という人のほか、二人といないということ。

なぜ俳人や歌人が入ったのか。はじめにきちんと理由が述べてある。詩を語るなかに、俳句や短歌がまじるのはおかしいと言う人がいるかもしれないが、おかしいと思うほうがおかしい。この三つを合わせて考えなくては「日本の詩的創造の全貌」はつかめない。それぞれが別個の世界として閉ざされていることこそ、異様であり、不幸な文学現象というものだろう。

言葉をかえながら、くり返し述べてある。

「これら五人の詩人は、明治以降の日本の詩的創造を、ひとつのものとして脈絡をつけて語ろうとするとき……」

折口信夫の短歌連作を示した上で説いてある。一つ一つ味わうのも悪くないが、五首をつづけて読むと、そこに「ひとつの詩的世界ともいうべきもの」が厳として存在するのがよくわかるはずだ。形式的には短歌の形をとっていても、あきらかに狙いが短歌とはちがっており、「新体詩以降の日本の詩の主流になりつつある近代詩、現代詩系統のもの」に対する果敢な挑戦だった。

「折口信夫という時代を画する歌人が、そういう大胆不敵な実験をしたということは忘れてはならないと思います」

佐藤春夫の詩集『魔女』には、「単なる抒情とはいえないような、もっと別のポエジー」がありはしないか。堀口大學の訳詩集『月下の一群』は新しい海外詩の紹介というだけにとどまらず、「近代日本の詩的創造そのもの」に直接のかかわりをもち、まったく新しい「詩的言語」を生み出した。

『三田の詩人たち』の語り手が、一貫して語ろうとしている方向がくっきりと見てとれる。詩を何よりも、言葉がひらいていくものとしてとらえ、その変幻のなかでつくられていった文学世界をたしかめていく。それというのも、詩的世界が生まれるときのダイナミックな創造の過程ほど、立ち会ってたのしいものはないからだ。詩を味わうとは、作品を通して、まさにその創造現場にまじり込むこと。その上で詩的実験が、伝統的な文学の脈絡とどうつながるのか、味読しながら新しい視野を考えていく。これが詩の鑑賞といえるだろう――。

やさしげな語り口についい惑わされるが、まさしく篠田一士にしかできない力業《ちからわざ》というも

『傳統と文學』函
（昭39·6 筑摩書房）

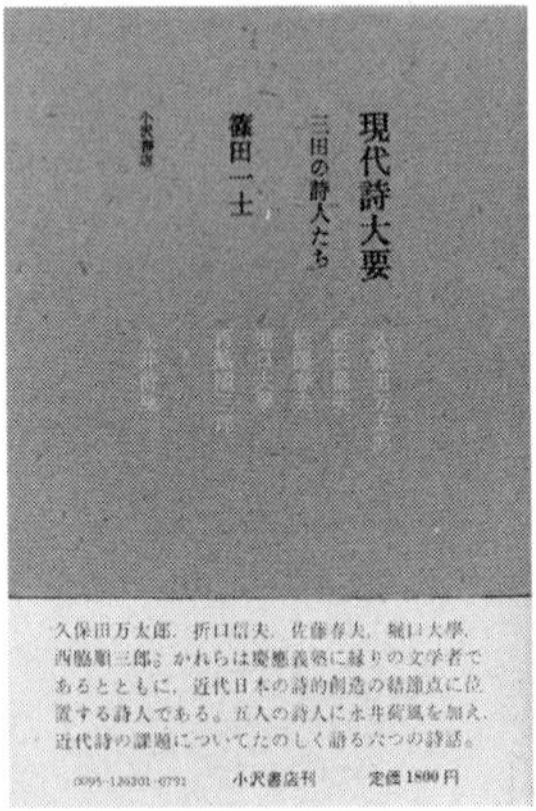

『現代詩大要』カバー
（昭62·1 小沢書店）

『現代詩人帖』カバー
（昭59·6 新潮社）

『ヨーロッパの批評言語』函
（昭56·9 晶文社）

篠田一士

のだ。

西脇順三郎のところだが、詩の引用のあと、あるくだりを、まず一息に読めとすすめる。意味にこだわるな。こだわるのは「詩を読めない人」のすること。どうしてとか何故とか、考える必要はない。イメージだけとればよろしい。イメージとしてのおもしろさを感じればいい。意味は曖昧であれ、そこに音感なりイメージなりですっくと立っているものを感じてくる。そのとき、おぼろげながら気がつくのではあるまいか。詩、ポエジーというものが、「日常的な場に屹立し、日常的空間とは異なる一つの言語空間を創りだすもの」だということ。

ところが西脇順三郎の詩では、それ以上のことが実現した。詩行が屹立しながら「ヨコへヨコへ」と流れていかないか。さながら音楽に似ている。ある一点にとどまるような屹立性ではなく、たえず横へ流れていく詩。

「今日、日本の詩は、小説よりも優れた業績を生み続けているジャンルだと、僕は思っています」

わけても西脇順三郎は大きな仕事をした。日本の近代詩＝現代詩の画期的な時期にあって、その中心に「えてるにたす」の詩人がいた。『三田の詩人たち』は、西脇順三郎への高らかな讃辞で閉じられた。ちょっぴり、自分の好みが出すぎたと思ったのかもしれない。心のひろい批評家篠田一士は、少し口ごもりながらオマケの一章をつけた。

文芸批評家篠田一士の仕事は『邯鄲にて』（一九五九年）が始まりだった。風変わりなタイトルのデビュー作には「現代ヨーロッパ文学論」の副題がついていた。最初の本がひろく「現代ヨーロッパ」にわたっている点が、この人らしい。

つづいてが『現代イギリス文学』（一九六二年）、『傳統と文學』（一九六四年）、『詩的言語』（一九六八年）。『三田の詩人たち』のキーワードにもひとしい「詩的言語」は、早くからテーマとしての性格をもち、ひろい目配りのもと、さまざまな作品分析を通じて深められ、あたためられてきたことがうかがえる。

博覧強記で知られていたが、博識を振りかざすタイプではなかった。万太郎俳句の特性を語って、それが色濃く日常性をおびながら、「フッと瞬間的に」そこから離れる。瞬間に始まって瞬間に終わる。

「まあ、俳句の呼吸というものでしょうか」

堀口大學の詩にみるユーモアとペーソスと雅びやかさ。とりまとめて「上澄みのような軽さですね」。

博覧一点ばりは、こんなたのしみ方はできないし、こんなふうに言えもしない。

西脇順三郎の詩にいわく、「読むたびに感動します」。語り口の流れのなかで出てきたセリフではないだろう。五人プラス一人に及んで、とりあげた作品すべては感動にもとづいて選びとられた。それは言葉として出されなくとも、はっきりわかる。この批評家のきわ立った特徴だった。批評のとらえ方がちがっていた。いい作品に惹かれ、感動する。なぜ惹かれ、どのような魅力を感じたのか。その文学体験を深め、洗練させるのが批評というもの。

詩的言語に国境はない。また古今ともかかわらない。さらにジャンルも問わないだろう。おおかたの文芸批評家が小説以外は見向きもしないいなかで、篠田一士は伝記や紀行記や日記やノンフィクションをよく読んでいた。批評文はもとよりである。そしてこよなく詩を愛した。

文学を小説だけに限定するとき、いかに感性が歪むものか。それは五人の詩人たち、とりわけ永井荷風を語るなかで言及されているだろう。オマケは背後から、詩的言語の風土をきわ立たせる役割にある。

文学批評は何よりも、作品を成り立たせている言葉の構造をとりあげること。そこにひらける知的な悦楽こそ、批評のダイゴ味。批評家篠田一士が終始実践してきたところであって、これもまた万太郎俳句や折口短歌、西脇詩を実例にしてお手本が示してある。

過去は現在を越えて
未来につき出る

（「えてるにたす」）

「どうしましょう」

「つまりエテルニタス、永遠なんですね。そこで『どうしましょう』となるわけなんです」

これ以上も以下もないピッタリの注釈。詩のウィットとたのしさが、批評のそれと計ったように合っている。

その身におびた知識と同じように、篠田一士はからだの大きな人だった。ぶ厚い胸に背広がしがみつき、太い首すじからネクタイがねじれている。ベルトの穴の最後の一つでズボンが腰に張りついていた。はじめて会った人は、とっさにラブレーの「ガルガンチュア」を思ったかもしれない。

一九五〇年代末に始まった批評活動は、外国文学、日本文学、音楽評論、近・現代詩論など幅広く及んで約三十年つづけられた。博覧強記であっても、学者タイプのそれとは、あきらかにちがっていた。知識や情報をきちんと整理していて、場に応じてふさわしい量を出すというのではない。必要とあればドッとあふれ、まわりが目を丸くしているのをたのしんでいる風情があった。

岐阜の生まれで、旧制中学生のころは柔道をやっていたとか。そういえば、のちのちまで柔道少年のような面影があった。文学論争にあたっては、肩をそびやかして出陣する。レッパクの気合いをこめたふうで、威勢がいい。その批評にはいつも、吹きつける風のような涼しさと勢いがあった。

プロフェショナルな批評家として三十年を過ごした人だが、その反面でたえずアマチュア性を大切にした。中心になって編集した『世界批評大系』(筑摩書房)の解説を、「批評は作品への愛に始まり、作品への愛で終わる」といった意味の言葉で書き出しているが、愛なり感動を批評の根底に置くという姿勢は、誇らかなアマチュア宣言にもひとしいだろう。

『三田の詩人たち』の語り手は「僕」である。人前で話したからこうなったわけではなく、篠田一士はつねに「僕」あるいは「ぼく」で書いた。「私」あるいは「わたし」の中性的な主語のほうがふさわしいような場合でも、やはり「僕」で通した。作品を読むときの作者との対話性を踏まえており、批評やエッセイを書くときの読者への語りかけをこめてのことではなかったか。つまりは、終始ゆずらなかったアマチュアリズムとひびき合う。

この人が批評活動をした時期は、ベトナム戦争や「安保反対」の騒乱とかさなっている。文学もまたいや応なく政治性をおび、詩においてもイデオロギーや戦後思想が問題とされた。そんな時代にあって、イデオロギーや政治性にソッポを向き、言語的ひろがりと豊かさの一点でつらぬくのは勇気のいることだし、よほどの自信がなくてはできないことだった。

『三田の詩人たち』をひらいていると、あの「大きな人」がよみがえってくる。詩の魅力を解き明かしていくその過程は、そのまま大読書人篠田一士の読書術であって、気がつくと、なんとも幸せな気持で詩をともにしている。

「ここでちょっとお国自慢を……（笑）」

尾張から美濃にかけての濃尾詩壇の存在を語る出だし。岐阜出身の柔道少年が、ちょっぴり肩をそびやかしたぐあいなのだ。

一九二七年（昭和二年）
一月二三日、岐阜市湊町に生まれる。母・彌寿は、出産のため神戸の婚家から岐阜の実家に戻って一士出産後、まもなく離婚。母子ともどもそのまま実家にとどまることとなり、一士は翌年、母方の祖父母篠田精喜致・ぎん夫妻の養子として戸籍に登録される。母は東京女子医学専門学校出身で、離婚後は、薬種業を営む祖父の下で医師として開業した。
一九二九年（昭和四年）二歳
三月、祖父の死去にともない、医師の母が、薬剤師の義弟とともに家業を受け継ぐが、複雑な家族事情や煩雑な貸借金の精算、遺産相続問題など、苦労が絶えなかったという。
一九三一年（昭和六年）四歳
四月、聖徳幼稚園に入園。当時の幼いおぼろな記憶のうちにも、ぎんの実母（戸籍上は一士の祖母にあたる）谷川むねが、毎日の通園に付添ってくれたことだけは、忘れがたい思い出として残っていたという。
一九三三年（昭和八年）六歳
四月、岐阜市立金華小学校に入学。六年間の在学中、前後三年間ずつ担任となった野田、酒向両先生が、父親不在の子供にとって、温厚な父親代わりの存在となる。
一九三六年（昭和一一年）九歳

初夏の頃、手回しの蓄音機を母に買い与えられ、はじめは童謡レコードを聴いたりしていたが、そのうち、当時コロムビア社から出ていた六枚物のポピュラー名曲全集を聴いたのがきっかけとなってクラシック音楽の魅力にとりつかれ、以来、終生、西洋音楽への耽溺がつづくことになる。

一九三七年（昭和一二年）一〇歳

一〇月、長良川畔の生家から、近くの益屋町に移る。ここには篠田が高校・大学遊学中も、母と祖母二人で一三年ほど住み、その後、同じく近くの元浜町に引越した。

一九三九年（昭和一四年）一二歳

四月、岐阜県立中学校入学。幼稚園以来、父親のいない一人っ子として、母と祖母二人の女手で、当時の本人さえも過保護と思われるような育て方をされてきたため、中学生になって、厳しい友人付合いにしばしば困惑し、自信を喪失し、ときには自暴自棄めいた状態に陥ることもあった。

一九四一年（昭和一六年）一四歳

一一月、大日本武徳会から柔道初段を許されたことが自信となり、いささか不安定だった精神状態も落ち着きを取り戻して、生来持っていた好悪の情を、はっきり表わすことができるようになる。そのため、あとを継ぐことを望まれていた家業の医者の道にはすっかり背を向け、母や祖母の期待に反して、歴史や文学や音楽に熱中するようになる。

一九四三年（昭和一八年）一六歳

三月、旧制第四高等学校（金沢）を受験するが不合格。四高を志望した理由は、中学の二年先輩で、文武両道において心から兄事していた長谷川正義氏が、同校の理科二年生に在学していたからという。この前年あたりから、後に東海ラジオの常務をつとめることになった深尾学（一九九七年没）氏と親交を結ぶ。深尾氏との交遊は終生絶えることなくつづき、なにかにつけて頼りにしていた。一一月、大日本武徳会から柔道三段を許される。当時の柔道部には松井利彦氏という猛者がいて、中学校対抗試合においては氏がつねに先鋒をつとめ、連戦連勝の牽引力となっていた。氏が後年、俳文学研究の大家になろうとは、当時は誰にもまったく思いもかけなかったことであり、そもそも、氏が俳句を嗜んでいたことを知っている者などいなかったらしい。同様に、篠田本人についても、周囲からは柔道一筋の人とみられていて、この稀代の大読書家の片鱗を知る者もなく、読書の時間はもっぱら帰宅後、一人で机に向かう夜の時間に限られていた。それは、自分なりに定めたけじめだったという。

一九四四年（昭和一九年）一七歳

四月、旧制松江高校文科甲類入学。翌年一月から、京都島津製作所に勤労動員で狩り出されたが、心臓脚気になり、一年次修了後、四月から休学。翌二一年四月から二年次に復学した。二三年三月に同校を卒業するまでの高校生活でもっとも重要なことは森亮先生との運命的な出会いである。この師弟の言語教育、感情教育の経緯は、『現代詩人帖』（一九八四年）所収の「森亮先生」にくわしい。

一九四八年（昭和二三年）二一歳

四月、東京大学文学部入学。二年次の志望決定で英吉利《イギリス》語学・文学科に進むことにきめ、主として中野好夫教授、平井正穂助教授のクラスに出席していたが、一方ではそれ以上に仏蘭西《フランス》文学科の鈴木信太郎教授、渡辺一夫助教授、あるいは杉捷夫講師の講筵に列することが多く、松江高校以来のフランス文学への熱い思いを育んでもいたのであった。

一九四九年（昭和二四年）二二歳

一年上級の丸谷才一、中山公男の両氏と知り合い、まもなく雑誌〈秩序〉の刊行を発案し、その準備をすすめる。

一九五〇年（昭和二五年）　二三歳
六月、新しく創刊された〈図書新聞〉に「英文学の未開拓地」と題する一五枚ほどの海外文学紹介のエッセーを発表し、以後、同紙の海外欄に毎週のように書く。

一九五一年（昭和二六年）　二四歳
三月、東京大学卒業。四月から都立第三商業高等学校の英語担当教諭となる。一〇月、〈秩序〉第一号を発刊し、エッセー「白鯨」を発表。この創刊号には丸谷才一氏の最初の長編小説「エホバの顔を避けて」の連載第一回も発表されている。同誌は〈季刊〉を謳いながらその刊行ペースを守ることはできず、以後その同人に永川玲二、川村二郎、菅野昭正、清水徹らの諸氏を加えて誌面の充実を果たしつつも、発行は年二回から年一回、さらに年とともに刊行の機会は減少して、結局一〇年後に第一一号を出したのを最後に、以後は終刊宣言のないまま休刊状態になっている。

一九五二年（昭和二七年）　二五歳
一一月、大学で一年下級の河内綾子と結婚。この前後、〈秩序〉を拠に執筆活動をつづけながらも、執筆量は少なく、書くよりは読む方に熱中する生活がつづいた。

一九五四年（昭和二九年）　二七歳
三月、高校教諭を辞職。四月、都立商科短期大学、國學院大学の非常勤講師となる。

一九五五年（昭和三〇年）　二八歳
四月、都立商科短期大学の専任講師となる。同月、長男、純一出生。

一九五七年（昭和三二年）　三〇歳
四月、都立大学人文学部英文学専攻の専任講師となる。（以後、昭和三五年四月に助教授、昭和四八年四月に教授となり、病没するまでずっと専任として勤務した。）この採用人事は加納秀夫教授の強力な推挽によるもので、以後の文筆活動への絶えざる支持と合せ、加納氏への感謝の念は、終生かわることがなかった。このころ、名古屋大学の川村二郎氏と書き物を通じて知り合い、三年後に川村氏が都立大学に赴任してからは、巨漢の篠田と小柄な川村氏が並んで歩く姿が頻繁に見られ、人も羨む文学的交友を築いていった。

一九五八年（昭和三三年）　三二歳

一〇月、発刊された季刊誌〈聲〉の海外文学紹介欄のイギリス部門に、昭和三六年一月の終刊号まで、全一〇回にわたり、毎回二〇枚余りのエッセーを書きつづける。

一九五九年（昭和三四年）　三三歳

一月、次男・徹出生。同月、彌生書房から刊行され始めた『T・Sエリオット選集』（四巻と別巻との全五巻）の編集を担当し、イギリス本国でも単行本未収録のエッセーを選ぶなど、高い見識と鋭敏な編集手腕を示す。三月、〈文学界〉に「傍役の詩人　中原中也」と題し、大岡昇平『朝の歌』の書評的エッセーを発表。翌月、同誌に大岡氏の「篠田一士氏に抗議する」が載り、詩壇、文壇にわたる論争として注目される。八月、最初の評論集『邯鄲にて』を弘文堂から刊行。「現代ヨーロッパ文学論」という副題の下に、「白鯨」以下〈秩序〉に発表したエッセーを中心にまとめたもので、〈ヨーロッパ・バロック文学〉をも〈現代文学〉として論ずる視点や、〈秩序〉第四号（昭和三〇年冬）に掲載したホルへ・ルイス・ボルへス「不死の人」の訳文をも収録した斬新な文学観が注目された。このボルへス邦訳はわが国におけるボルへス文学の先駆的な紹介として、以後のボルへス熱の原点となった。

一九六一年（昭和三六年）　三四歳

これまで大田区田園調布の夫人の実家に同居していたが、春先に目黒区洗足のアパートに転居。四月、都立大学人文科学研究科英文学専攻の兼担となり、大学院生の教育に情熱を傾ける。授業以外でも、院生の研究発表会に顔を出して厳しい質問を発したり、ときには院生そっちのけで同僚の小池滋氏と英国小説論を戦わせることもあった。
一九六二年（昭和三七年）三五歳
一〇月、上記の〈聲〉に連載したイギリス文学紹介のエッセイをあつめ、『現代イギリス文学』と題し、一本として垂水書房から刊行。
一九六四年（昭和三九年）三七歳
六月、『傳統と文學』を筑摩書房から刊行。これは前年一ヵ年にわたり〈文学界〉に「伝統と前衛の狭間にて」と題して連載したエッセーを一本にまとめたものである。
一九六七年（昭和四二年）四〇歳
三月、世田谷区野沢二丁目七番一二号、野沢ハイム五一三号に転居。
一九六八年（昭和四三年）四一歳
五月、『詩的言語』を晶文社から刊行。「傍役の詩人　中原中也」をはじめ、吉岡実、安東次男などの詩業を論じた詩論一四篇をあつめた詩論集。六月、集英社の『世界文学全集34』にボルヘスの『伝奇集』全訳を収録。
一九六九年（昭和四四年）四二歳
六月、アメリカ合衆国の日本文学学会に招聘され、ニューヨークに一〇日間滞在し、ロンドン経由で帰国。全二週間の海外旅行だった。八月、高血圧による眼底出血を起し、以後、療養につとめるが、思うように治療の効果が挙がらず、その後も出血をくりかえす状態がつづいたため、翌四五年（一九七〇）の春には、前年から毎月、三社連合のために書いていた文芸時評を、二年半（三〇ヵ月）で降りることになった。
一九七一年（昭和四六年）四四歳
ようやく病状がおさまり、体力も回復したところで、これまで一本にまとめることができなかった文芸評論類を集めて、筑摩書房から一一月、『作品について』と題して刊行。

一九七二年（昭和四七年）　四五歳
九月、川村二郎、菅野昭正、原卓也氏との共同編集による集英社『世界文学全集』愛蔵版全四五巻の配本が始まる。この前後から各種文学全集の編集において果たす自身の主導的な見識と手腕を、やや自嘲気味に、世界文学屋と称していたが、以後出版社にとっては余人をもって代え難い存在となっていく。

一九七三年（昭和四八年）　四六歳
四月、二年前から、新しく刊行された文芸誌〈すばる〉に一二章の連載評論として書きつづけてきたものの前半を、版元である集英社の懇請を受け入れ、『日本の近代小説』と題して刊行。後半の六章は、二年後の昭和五〇年九月、『続日本の近代小説』として世に問うことになった。これが当初計画していた通り全一二章の一巻本『日本の近代小説』として集英社から出版されることになったのは、昭和六三年（一九八八）二月のことである。

一九七四年（昭和四九年）　四七歳
六月、川村二郎、菅野昭正、清水徹、丸谷才一氏との共同編集による『世界批評大系』（筑摩書房、全七巻）の配本が始まる。篠田は第一回配本の第一巻「近代批評の成立」と、第四巻「小説と現実」（翌年八月刊）の解説を担当。

一九七五年（昭和五〇年）　四八歳
『田能村竹田』（中央公論社）に、竹田の詩文を論じた「アマトールの極致」を執筆。

一九七八年（昭和五三年）　五一歳
六月に『音楽の合間に』を音楽之友社から、一〇月には『音楽に誘われて』を集英社から、それぞれ出版。つとに音楽通で知られた篠田の自他ともに待望の音楽エッセー集。なお、九月には『読書の楽しみ』を構想社から刊行。

一九八〇年（昭和五五年）　五三歳
五月、『日本の現代小説』を集英社から刊

行。さきの『日本の近代小説』と一見対になる文芸評論だが、内実は、この『日本の現代小説』こそが本題で、前著はこれを書くための前置きに他ならない。なお、本書によって、この年の毎日芸術賞を受賞。

一九八一年（昭和五六年）　五四歳

七月に『吉田健一論』を筑摩書房から、九月には『ヨーロッパの批評言語』を晶文社から刊行。吉田健一氏が六五歳の生涯を閉じて世を去ったのは昭和五二年八月だった。篠田は吉田氏にはじめて会った昭和三〇年頃から、終始一貫、吉田氏の文業を擁護しつづけ、また吉田氏も篠田に対して絶対の信頼を置いていた。

一九八二年（昭和五七年）　五五歳

一月に『現代詩髄脳』を集英社から、五月に『バンドゥシアの泉』を小沢書店から刊行。

一九八三年（昭和五八年）　五六歳

夏前から配本が始まった『ラテンアメリカの文学』全一八巻（鼓直、桑名一博氏との共同編集、集英社）は、企画編集業務にあたった総合社の社主・森一祐氏と篠田の熱意の成果であり、わが国の読書界に、ラテンアメリカ文学ブームを引き起こす記念碑的出版となった。九月に『世界文学「食」紀行』を朝日新聞社から、『読書三昧』を晶文社から、それぞれ刊行。また、一一月には、その前年一年間〈音楽芸術〉誌に連載した諸井誠氏との往復書簡を、『世紀末芸術と音楽』（音楽之友社）と題して刊行。

一九八四年（昭和五九年）　五七歳

四月に『幸田露伴のために』を岩波書店から刊行。昭和三〇年代から二〇年間にわたって書き記したものを集めたものだが、宏大な露伴王国の解明については、ほんの序の口にすぎないと述懐している。六月、『現代詩人帖』を新潮社から刊行。七月、『筑摩世界文学大系81「ナボコフ・ボルヘス」』の巻に、既訳のボルヘス短編集「伝奇集」「エル・アレフ」に加え、新訳の「ブローディーの報告書」の全訳が収録される。

一九八五年（昭和六〇年）　五八歳
五月に『ノンフィクションの言語』を集英社から刊行。

一九八七年（昭和六二年）　六〇歳
一月、『現代詩大要　三田の詩人たち』を小沢書店から、八月には『心敬』を筑摩書房から『日本詩人選』の一冊として刊行。後者の執筆依頼を受けたのは二〇年近く昔のことだったが、ようやく機が熟して、ここ三年ほどの期間をかけて集中的に書き下ろしたという。

一九八八年（昭和六三年）　六一歳
七月、『創造の現場から』を小沢書店から刊行。一九七九年から九八年、〈毎日新聞〉の文芸時評として、月二回書きつづけたものを収録。一一月、『二十世紀の十大小説』を新潮社から刊行。こちらは一九八五年から八八年にかけて〈新潮〉に連載したもので、書きはじめから全体の構成を定め、それを計画通り実現させたものである。とりわけ、三度目の『夜明け前』論には、この作品を第一級の世界文学として推挽する著者年来の独創的な論述を果たしたという自負がこめられている。

一九八九年（昭和六四年・平成元年）六二歳
二月、文芸評論集『樹樹皆秋色』を筑摩書房から刊行。四月一三日、病気のため急逝。同月一八日、千日谷斎場にて葬儀。丸谷才一氏が葬儀委員長をつとめた。六月に小学館から刊行された『昭和文学全集28』に、唐木順三、保田與重郎、亀井勝一郎、竹山道雄、加藤周一、佐伯彰一、大岡信、山崎正和の各氏とともに代表作が収録された。篠田作品としては『日本の近代小説』より「泉鏡花の位置」「もうひとりの『或る女』」「風俗の効用について」「夢見る部屋の構図」が選ばれる。またこの巻には、奇しくも死の少し前に執筆された自筆年譜が収録された。
一九九〇年（平成二年）
四月、岐阜市の篠田家代々の菩提寺・善福寺に納骨される。また、京都西本願寺に、分骨と永代供養がなされる。
一九九一年（平成三年）
生前の篠田は昭和三〇年代の終わり頃から、毎年正月二日に、教え子の大学院生を自宅に招いて供応することを長年の習わしとしていて、そのまさに談論風発の宴の席には、当初から小野寺健氏や、当時東大大学院生だった出淵博、富士川義之氏なども姿をみせていた。この正月の酒宴の常連に、生前の故人と縁の深かった人たちを加えた小人数のグループが、この年以来、命日前の土曜日に、目黒の都立大学近くに集まって、綾子夫人を囲みながら、内輪の会（邯鄲忌）をつづけている。一〇月、『新編　現代イギリス文学』（小沢書店）刊行。これは一九六二年刊行の『現代イギリス文学』に、丸善の〈學鐙〉一九八六年一一～一二月、八七年二～三月、八～一二月、八八年一月、六～一二月、八九年一～四月号に断続的に書いた「現代イギリス文学ふたたび」と題する連作を合わせて一本にしたもの。一一月、小沢書店月報『Poetica』第二号が「特集・篠田一士」を組む。
一九九二年（平成四年）
一二月に刊行されたドナルド・キーン（金関寿夫訳）『声の残り』（朝日新聞社）の中の一章に、故人との交遊が回想されている。
一九九三年（平成五年）
六月、『篠田一士評論集　1980～1989』（小沢書店）刊行。晩年の篠田には、『二十世紀の十大小説』と対をなす二〇世紀批評家論の構想があったが、それは著者の惜しまれる急逝によって実現されずに終わった。その構想の一端を伝えるヴァレリー論とルカーチ論を含め、一九八〇年から八九年にかけて書かれた、単行本に未収録の全評論を、年代順に収録したのが本書である。

一九九四年（平成六年）

篠田没後しばらくして、都立大学英文学専攻では貴重な蔵書の散逸を惜しむ気持から、綾子夫人にお願いして、蔵書の一部を大学に寄贈していただいてあった。そのおよそ二千冊の図書の整理と目録作成が終ったところで、四月九日、八王子市南大沢（平成三年に移転）のキャンパスで、「篠田文庫」開設の披露とパーティーが催された。

本年譜は、『昭和文学全集28』（小学館）に収録された「自筆年譜」（小沢書店刊行の『篠田一士評論集』に再録）をベースとして作成した。

（土岐恒二編）

著書目録

篠田一士

【単行本】

邯鄲にて　現代ヨーロッパ文学論　昭34・8　弘文堂
現代イギリス文学　昭37・10　垂水書房
傳統と文學　昭39・6　筑摩書房
詩的言語　昭43・5　晶文社
作品について　昭46・11　筑摩書房
日本の近代小説　昭48・4　集英社
続日本の近代小説　昭50・9　集英社
音楽の合間に　昭53・6　音楽之友社
読書の楽しみ　昭53・9　構想社
音楽に誘われて　昭53・10　集英社
日本の現代小説　昭55・5　集英社
吉田健一論　昭56・7　筑摩書房
ヨーロッパの批評言語　昭56・9　晶文社
現代詩髄脳　昭57・1　集英社
バンドゥシアの泉　昭57・5　小沢書店
世界文学「食」紀行　昭58・9　朝日新聞社
読書三昧　昭58・9　晶文社
世紀末芸術と音楽　昭58・11　音楽之友社
幸田露伴のために　昭59・4　岩波書店
現代詩人帖　昭59・6　新潮社
ノンフィクションの言語　昭60・5　集英社
現代詩大要　三田の詩人たち　昭62・1　小沢書店

心敬（日本詩人選28）　昭62・8　筑摩書房
創造の現場から　昭63・7　小沢書店
文芸時評1978〜1986
二十世紀の十大小説　昭63・11　新潮社
樹樹皆秋色　平元・2　筑摩書房
新編　現代イギリス文学　平3・10　小沢書店
篠田一士評論集　1980〜1989　平5・6　小沢書店

【全集】

昭和文学全集28　平元・6　小学館

【英語論文】

Shinoda, Hajime. "The Lesson of the Master." *T.S. Eliot: A Tribute from Japan.* Eds. Masao Hirai and E.W.F. Tomlin. Tokyo: Kenkyusha. 1966.

【翻訳】

詩集抄（ギャスコイン）　昭34・1　平凡社
エロスのドグマ（バーカー）　昭34・1　平凡社
唄とソネット（ダン）　昭34・10　平凡社
ミメーシス――ヨーロッパ文学における現実描写上・下（アウエルバッハ）＊　昭42・3　筑摩書房
伝奇集（ボルヘス）　昭43・6　集英社
ヨーロッパ小説論（ブラックマー）＋　昭50・8　白水社
エル・アレフ／汚辱の世界史（ボルヘス）　昭53・5　集英社
砂の本（ボルヘス）　昭55・12　集英社
ブローディーの報告書（ボルヘス）　昭59・7　筑摩書房

「著書目録」には編著、再刊本は入れなかった。
＊印は共訳、＋印は監訳を示す。

（作成・土岐恒二）

本書は、昭和六二年一月小沢書店刊『現代詩大要　三田の詩人たち』を
底本として使用し、本文中明らかな誤植と思われる個所を編集部により
訂正いたしました。

三田《みた》の詩人《しじん》たち

篠田《しのだ》一士《はじめ》

二〇〇六年一月一〇日第一刷発行
発行者――野間佐和子
発行所――株式会社　講談社
東京都文京区音羽2・12・21　〒112-8001
電話　編集部（03）5395・3513
販売部（03）5395・5817
業務部（03）5395・3615

デザイン―菊地信義
印刷――豊国印刷株式会社
製本――株式会社国宝社
本文データ制作―講談社プリプレス制作部
Printed in Japan
定価はカバーに表示してあります。
落丁本・乱丁本は購入書店名を明記のうえ、小社業務部宛にお送りください。送料は小社負担にてお取替えします。
なお、この本の内容についてのお問い合せは文芸文庫出版部宛にお願いいたします。

講談社
文芸文庫

ISBN4-06-198429-2

講談社文芸文庫

阿川弘之	青葉の翳り 阿川弘之自選短篇集	富岡幸一郎-解／岡田 睦——年
阿川弘之	鮎の宿	岡田 睦——年
阿部昭	単純な生活	松本道介—解／栗坪良樹—案
秋山駿	舗石の思想	井口時男—解／著者——年
青山二郎	鎌倉文士骨董奇譚	白洲正子—人／森 孝一——年
青山二郎	眼の哲学｜利休伝ノート	森 孝一——人／森 孝一——年
網野菊	一期一会｜さくらの花	竹西寛子—解／藤本寿彦—案
安部公房	砂漠の思想	沼野充義—人／谷 真介——年
安部公房	終りし道の標べに	リービ英雄-解／谷 真介——案
芥川龍之介	大川の水｜追憶｜本所両国	高橋英夫—人／藤本寿彦—年
芥川龍之介	上海游記｜江南游記	伊藤桂一—解／藤本寿彦—年
秋元松代	常陸坊海尊｜かさぶた式部考	川村二郎—解／松岡和子—案
有吉佐和子	地唄｜三婆 有吉佐和子作品集	宮内淳子—解／宮内淳子—年
安藤鶴夫	歳月 安藤鶴夫随筆集	槌田満文—解／槌田満文—年
安東次男	花づとめ	齋藤愼爾—解／齋藤愼爾—年
石川淳	紫苑物語	立石 伯——解／鈴木貞美—案
石川淳	安吾のいる風景｜敗荷落日	立石 伯——人／立石 伯——年
石川淳	普賢｜佳人	立石 伯——解／石和 鷹——案
磯田光一	永井荷風	吉本隆明—解／藤本寿彦—案
井伏鱒二	厄除け詩集	河盛好蔵—人／松本武夫—年
井伏鱒二	夜ふけと梅の花｜山椒魚	秋山 駿——解／松本武夫—年
井伏鱒二	井伏鱒二対談選	三浦哲郎—解／松本武夫—年
伊藤整	日本文壇史 1 開化期の人々	紅野敏郎—解／樋口 覚——案
伊藤整	日本文壇史 2 新文学の創始者たち	曾根博義—解
伊藤整	日本文壇史 3 悩める若人の群	関川夏央—解
伊藤整	日本文壇史 4 硯友社と一葉の時代	久保田正文-解
伊藤整	日本文壇史 5 詩人と革命家たち	ケイコ・コックムー解
伊藤整	日本文壇史 6 明治思潮の転換期	小島信夫—解
伊藤整	日本文壇史 7 硯友社の時代終る	奥野健男—解
伊藤整	日本文壇史 8 日露戦争の時代	高橋英夫—解
伊藤整	日本文壇史 9 日露戦後の新文学	荒川洋治—解
伊藤整	日本文壇史 10 新文学の群生期	桶谷秀昭—解
伊藤整	日本文壇史 11 自然主義の勃興期	小森陽一—解
伊藤整	日本文壇史 12 自然主義の最盛期	木原直彦—解

▶解=解説 案=作家案内 人=人と作品 年=年譜を示す。 2006年1月現在

講談社文芸文庫

伊藤整——日本文壇史 13 頽唐派の人たち	曾根博義—解
伊藤整——日本文壇史 14 反自然主義の人たち	曾根博義—解
伊藤整——日本文壇史 15 近代劇運動の発足	曾根博義—解
伊藤整——日本文壇史 16 大逆事件前後	曾根博義—解
伊藤整——日本文壇史 17 転換点に立つ	曾根博義—解
伊藤整——日本文壇史 18 明治末期の文壇	曾根博義—解／曾根博義—年
伊藤整——若い詩人の肖像	荒川洋治—解／曾根博義—年
伊藤整——改訂 文学入門	曾根博義—解／曾根博義—年
井上靖——わが母の記 花の下・月の光・雪の面	松原新一—解／曾根博義—年
井上靖——補陀落渡海記 井上 靖短篇名作集	曾根博義—解／曾根博義—年
井上靖——異域の人|幽鬼 井上 靖歴史小説集	曾根博義—解／曾根博義—年
李良枝——由熙|ナビ・タリョン	渡部直己—解／編集部——年
井上光晴—眼の皮膚|遊園地にて	川西政明—解／川西政明—年
伊藤桂一——螢の河|源流へ 伊藤桂一作品集	大河内昭爾-解／久米 勲——年
伊藤桂一——静かなノモンハン	勝又 浩——解／久米 勲——年
石田波郷—江東歳時記|清瀬村(抄) 石田波郷随想集	山田みづえ-解／石田郷子—年
色川武大—生家へ	平岡篤頼—解／著者———年
色川武大—狂人日記	佐伯一麦—解／著者———年
伊吹和子—われよりほかに 谷崎潤一郎 最後の十二年 上・下	沢木耕太郎-解
石川啄木—石川啄木歌文集	樋口 覚——解／佐藤清文—年
岩野泡鳴—耽溺|毒薬を飲む女	大久保典夫-解／柳沢孝子—年
石牟礼道子-妣たちの国 石牟礼道子詩歌文集	伊藤比呂美-解／渡辺京二—年
石原吉郎—石原吉郎詩文集	佐々木幹郎-解／小柳玲子—年
梅崎春生—桜島|日の果て|幻化	川村 湊——解／古林 尚——案
梅崎春生—ボロ家の春秋	菅野昭正—解／編集部——年
宇野浩二—思い川|枯木のある風景|蔵の中	水上 勉——解／柳沢孝子—案
宇野浩二—独断的作家論	曾根博義—解／柳沢孝子—年
内田魯庵—魯庵の明治 山口昌男、坪内祐三編	坪内祐三—解／歌田久彦—年
内村剛介—生き急ぐ スターリン獄の日本人	大室幹雄—解／陶山幾朗—年
内田百閒—百閒随筆 I II 池内 紀編	池内 紀——解／佐藤 聖——年
上田三四二-花衣	古屋健三—解／佐藤清文—年
遠藤周作—白い人|黄色い人	若林 真——解／広石廉二—年
遠藤周作—作家の日記	高山鉄男—解／広石廉二—年
江藤淳——成熟と喪失——"母"の崩壊	上野千鶴子-解／平岡敏夫—案

講談社文芸文庫

江藤 淳——小林秀雄　井口時男—解／武藤康史—年
江藤 淳——作家は行動する　大久保喬樹-解／武藤康史—年
円地文子—妖｜花食い姥　高橋英夫—解／小笠原美子-案
円地文子—なまみこ物語｜源氏物語私見　竹西寛子—解／宮内淳子—年
大江健三郎-万延元年のフットボール　加藤典洋—解／古林 尚——案
大江健三郎-叫び声　新井敏記—解／井口時男—案
大江健三郎-静かな生活　伊丹十三—解／栗坪良樹—案
大江健三郎-僕が本当に若かった頃　井口時男—解／中島国彦—案
大庭みな子-三匹の蟹　リービ英雄-解／水田宗子—案
大庭みな子-浦島草　リービ英雄-解／著者——年
大庭みな子-寂兮寥兮　水田宗子—解／著者——年
大岡昇平—中原中也　粟津則雄—解／佐々木幹郎-案
大岡昇平—成城だより 上・下　加藤典洋—解／吉田凞生—年
小沼丹——懐中時計　秋山 駿——解／中村 明——案
小沼丹——小さな手袋　中村 明——人／中村 明——年
小沼丹——椋鳥日記　清水良典—解／中村 明——年
尾崎一雄—美しい墓地からの眺め　宮内 豊——解／紅野敏郎—年
小川国夫—アポロンの島　森川達也—解／山本恵一郎-年
小川国夫—あじさしの洲｜骨王 小川国夫自選短篇集　富岡幸一郎-解／山本恵一郎-年
織田作之助-夫婦善哉　種村季弘—解／矢島道弘—年
織田作之助-世相｜競馬　稲垣眞美—解／矢島道弘—年
長田弘——詩は友人を数える方法　亀井俊介—解／著者——年
大原富枝—婉という女｜正妻　高橋英夫—解／福江泰太—年
大城立裕—日の果てから　小笠原賢二-解／著者——年
大岡 信——現代詩人論　三浦雅士—解／三浦雅士—年
大佛次郎—旅の誘い 大佛次郎随筆集　福島行一—解／福島行一—年
奥野信太郎-女妖啼笑 はるかな女たち　草森紳一—解／武藤康史—年
岡部伊都子-美を求める心　鶴見俊輔—解／佐藤清文—年
尾崎放哉—尾崎放哉随筆集　村上 護——解／村上 護——年
大西巨人—五里霧　鎌田哲哉—解／齋藤秀昭—年
加賀乙彦—帰らざる夏　リービ英雄-解／金子昌夫—案
柄谷行人—日本近代文学の起源　川村 湊——解／栗坪良樹—案
柄谷行人—意味という病　絓 秀実——解／曾根博義—案
柄谷行人—畏怖する人間　井口時男—解／三浦雅士—案

講談社文芸文庫

黒井千次——石の話 黒井千次自選短篇集	高橋英夫——解／篠崎美生子-年
倉橋由美子-パルタイ|紅葉狩り 倉橋由美子短篇小説集	清水良典——解
国木田独歩-欺かざるの記抄 佐々城信子との恋愛	本多 浩——解／藤江 稔——年
串田孫一——雲・山・太陽 串田孫一随想集	田中清光——解／著者——年
久保田万太郎-春泥|三の酉	槌田満文——解／武藤康史——年
窪田空穂——窪田空穂歌文集	高野公彦——解／内藤 明——年
久坂葉子——幾度目かの最期 久坂葉子作品集	久坂部 羊——解／久米 勲——年
小島信夫——抱擁家族	大橋健三郎-解／保昌正夫——案
小島信夫——殉教|微笑	千石英世——解／利沢行夫——案
小島信夫——うるわしき日々	千石英世——解／岡田 啓——年
小林秀雄——栗の樹	秋山 駿——人／吉田凞生——年
小林秀雄——小林秀雄対話集	秋山 駿——解／吉田凞生——年
河野多恵子-不意の声	菅野昭正——解／鈴木貞美——案
幸田 文——ちぎれ雲	中沢けい——人／藤本寿彦——年
幸田 文——番茶菓子	勝又 浩——人／藤本寿彦——年
幸田 文——包む	荒川洋治——人／藤本寿彦——年
幸田 文——草の花	池内 紀——人／藤本寿彦——年
幸田 文——駅|栗いくつ	鈴村和成——解／藤本寿彦——年
幸田 文——猿のこしかけ	小林裕子——解／藤本寿彦——年
幸田 文——回転どあ|東京と大阪と	藤本寿彦——解／藤本寿彦——年
幸田露伴——運命|幽情記	川村二郎——解／登尾 豊——案
後藤明生——挟み撃ち	武田信明——解／著者——年
講談社文芸文庫-日本文壇史総索引 全24巻総目次総索引	曾根博義——解
講談社文芸文庫-戦後短篇小説再発見 1 青春の光と影	川村 湊——解
講談社文芸文庫-戦後短篇小説再発見 2 性の根源へ	井口時男——解
講談社文芸文庫-戦後短篇小説再発見 3 さまざまな恋愛	清水良典——解
講談社文芸文庫-戦後短篇小説再発見 4 漂流する家族	富岡幸一郎-解
講談社文芸文庫-戦後短篇小説再発見 5 生と死の光景	川村 湊——解
講談社文芸文庫-戦後短篇小説再発見 6 変貌する都市	富岡幸一郎-解
講談社文芸文庫-戦後短篇小説再発見 7 故郷と異郷の幻影	川村 湊——解
講談社文芸文庫-戦後短篇小説再発見 8 歴史の証言	井口時男——解
講談社文芸文庫-戦後短篇小説再発見 9 政治と革命	井口時男——解
講談社文芸文庫-戦後短篇小説再発見 10 表現の冒険	清水良典——解
講談社文芸文庫-戦後短篇小説再発見 11 事件の深層	井口時男——解

講談社文芸文庫

講談社文芸文庫

白洲正子——かくれ里　青柳恵介——人／森 孝——年
白洲正子——明恵上人　河合隼雄——人／森 孝——年
白洲正子——十一面観音巡礼　小川光三——人／森 孝——年
白洲正子——お能|老木の花　渡辺 保——人／森 孝——年
白洲正子——近江山河抄　前 登志夫——人／森 孝——年
白洲正子——古典の細道　勝又 浩——人／森 孝——年
白洲正子——能の物語　松本 徹——人／森 孝——年
白洲正子——心に残る人々　中沢けい——人／森 孝——年
白洲正子——世阿弥 花と幽玄の世界　水原紫苑——人／森 孝——年
白洲正子——謡曲平家物語　水原紫苑——解／森 孝——年
白洲正子——西国巡礼　多田富雄——解／森 孝——年
白洲正子——私の古寺巡礼　高橋睦郎——解／森 孝——年
志村ふくみ-一色一生　高橋 巖——人／著者——年
椎名麟三——神の道化師・媒妁人 椎名麟三短篇集　井口時男——解／斎藤末弘——年
志賀直哉——志賀直哉交友録 阿川弘之編　阿川弘之——解／編集部——年
芝木好子——湯葉|青磁砧　高橋英夫——解／著者——年
島田雅彦——天国が降ってくる　鎌田哲哉——解／中村三春——年
獅子文六——但馬太郎治伝　佐藤洋二郎-解／藤本寿彦——年
笙野頼子——極楽|大祭|皇帝 笙野頼子初期作品集　清水良典——解／山﨑眞紀子-年
島村利正——奈良登大路町|妙高の秋　勝又 浩——解／井上明久——年
篠田一士——三田の詩人たち　池内 紀——解／土岐恒二——年
杉田久女——杉田久女随筆集　宇多喜代子-解／石 昌子——年
杉本秀太郎-半日半夜 杉本秀太郎エッセイ集　阿部慎蔵——解／著者——年
瀬沼茂樹——日本文壇史 19 白樺派の若人たち　紅野敏郎——解／河合靖峯——年
瀬沼茂樹——日本文壇史 20 漱石門下の文人たち　藤井淑禎——解
瀬沼茂樹——日本文壇史 21「新しき女」の群　尾形明子——解
瀬沼茂樹——日本文壇史 22 明治文壇の残照　十川信介——解
瀬沼茂樹——日本文壇史 23 大正文学の擡頭　中島国彦——解
瀬沼茂樹——日本文壇史 24 明治人漱石の死　曾根博義——解／河合靖峯——年
曽野綾子——雪あかり 曽野綾子初期作品集　武藤康史——解／武藤康史——年
田久保英夫-深い河|辻火 田久保英夫作品集　菅野昭正——解／武藤康史——年
武田泰淳——司馬遷——史記の世界　宮内 豊——解／古林 尚——年
武田泰淳——身心快楽 武田泰淳随筆選　川西政明——解
武田泰淳——わが子キリスト　井口時男——解／編集部——年

講談社文芸文庫

竹西寛子——式子内親王|永福門院　雨宮雅子——人／著者————年
竹西寛子——管絃祭　川西政明——解／著者————年
高橋英夫——批評の精神　三浦雅士——解／著者————年
高見 順——死の淵より　佐々木幹郎-解／保昌正夫——案
高見 順——草のいのちを 高見順短篇名作集　荒川洋治——解／宮内淳子——年
竹内 好——魯迅　川西政明——解／山下恒夫——案
高橋和巳——堕落　川西政明——解／川西政明——年
高橋たか子-怒りの子　清水良典——解／著者————年
高井有一——半日の放浪 高井有一自選短篇集　川村 湊——解／武藤康史——年
高橋源一郎-さようなら、ギャングたち　加藤典洋——解／栗坪良樹——年
高橋源一郎-ジョン・レノン対火星人　内田 樹——解／栗坪良樹——年
田村隆一——腐敗性物質　平出 隆——人／建畠 晢——年
田村隆一——詩人のノート　佐々木幹郎-解／建畠 晢——年
瀧井孝作——無限抱擁　古井由吉——解／津田亮一——年
田宮虎彦——足摺岬 田宮虎彦作品集　小笠原賢二-解／森本昭三郎-年
立松和平——卵洗い　黒古一夫——解／黒古一夫——年
武田麟太郎-日本三文オペラ 武田麟太郎作品選　川西政明——解／保昌正夫——年
田中小実昌-アメン父　富岡幸一郎-解／関井光男——年
高橋義孝——私の人生頑固作法 高橋義孝エッセイ選　高橋英夫——解／久米 勲——年
檀 一雄——海の泡 檀一雄エッセイ集　小島千加子-解／石川 弘——年
檀 一雄——花筐|白雲悠々 檀一雄作品選　長野秀樹——解／石川 弘——年
種田山頭火-山頭火随筆集　村上 護——解／村上 護——年
谷川俊太郎-沈黙のまわり 谷川俊太郎エッセイ選　佐々木幹郎-解／佐藤清文——年
谷崎潤一郎-金色の死 谷崎潤一郎大正期短篇集　清水良典——解／千葉俊二——年
多和田葉子-ゴットハルト鉄道　室井光広——解／谷口幸代——年
近松秋江——黒髪|別れたる妻に送る手紙　勝又 浩——解／柳沢孝子——案
津島佑子——寵児　石原千秋——解／与那覇恵子-年
辻 潤————絶望の書|ですぺら 辻潤エッセイ選　武田信明——解／高木 護——年
辻 邦生——城|ある告別 辻邦生初期短篇集　菅野昭正——解／井上明久——年
坪田譲治——せみと蓮の花|昨日の恥 坪田譲治作品集　砂田 弘——解／千葉幹夫——年
寺山修司——私という謎 寺山修司エッセイ選　川本三郎——解／白石 征——年
寺山修司——ロング・グッドバイ 寺山修司詩歌選　齋藤愼爾——解
寺山修司——思想への望郷 寺山修司対談選　白石 征——年
富岡多惠子-波うつ土地|芻狗　加藤典洋——解／与那覇恵子-案

富岡多恵子-ひべるにあ島紀行	川村二郎—解／著者——年
徳田秋声—仮装人物	古井由吉—解／松本 徹——案
中上健次—熊野集	川村二郎—解／関井光男—案
中上健次—化粧	柄谷行人—解／井口時男—案
中上健次—鳥のように獣のように	井口時男—人／藤本寿彦—年
中上健次—夢の力	井口時男—人／藤本寿彦—年
中上健次—蛇淫	井口時男—解／藤本寿彦—年
中上健次—風景の向こうへ｜物語の系譜	井口時男—解／藤本寿彦—年
中野重治—村の家｜おじさんの話｜歌のわかれ	川西政明—解／松下 裕——案
永井龍男—一個｜秋その他	中野孝次—解／勝又 浩——案
中原中也—中原中也全訳詩集	粟津則雄—解／吉田凞生—案
中原中也—中原中也全詩歌集 上・下 吉田凞生編	吉田凞生—解／青木 健——案
中川一政—随筆 八十八	田村祥藏—人／山田幸男—年
中村光夫 三島由紀夫-対談・人間と文学	秋山 駿——解
中村真一郎-死の影の下に	加賀乙彦—解／鈴木貞美—案
中村真一郎-雲のゆき来	鈴木貞美—解／鈴木貞美—年
中原フク 村上護—私の上に降る雪は わが子中原中也を語る	北川 透——解／村上 護——年
中山義秀—芭蕉庵桃青	富岡幸一郎-解／栗坪和子—年
永井荷風—日和下駄 ——一名 東京散策記	川本三郎—解／竹盛天雄—年
永井荷風—あめりか物語	池内 紀——解／竹盛天雄—年
中村草田男-蕪村集	芳賀 徹——解／奈良文夫—年
中野孝次—実朝考 ホモ・レリギオーズスの文学	小笠原賢二-解／著者——年
夏目漱石—漱石人生論集	出久根達郎-解／石崎 等——年
西脇順三郎-ボードレールと私	井上輝夫—解／新倉俊一—年
丹羽文雄—鮎｜母の日｜妻 丹羽文雄短篇集	中島国彦—解／中島国彦—年
野坂昭如—東京小説	町田 康——解／村上玄一—年
野間宏——暗い絵｜顔の中の赤い月	黒井千次—解／紅野謙介—案
野口冨士男-わが荷風	坪内祐三—解／編集部——年
野溝七生子-山梔	矢川澄子—解／岩切信一郎-年
野溝七生子-女獣心理	水原紫苑—解／岩切信一郎-年
野呂邦暢—草のつるぎ｜一滴の夏 野呂邦暢作品集	川西政明—解／中野章子—年
林京子——祭りの場｜ギヤマン ビードロ	川西政明—解／金井景子—案

講談社文芸文庫

講談社文芸文庫

堀口大學——月下の一群　窪田般彌——解／柳沢通博——年
堀田善衞——歯車|至福千年 堀田善衞作品集　川西政明——解／新見正彰——年
丸谷才一——忠臣蔵とは何か　野口武彦——解
丸谷才一——たった一人の反乱　三浦雅士——解／編集部——年
丸谷才一——日本文学史早わかり　大岡 信——解／編集部——年
正宗白鳥——何処へ|入江のほとり　千石英世——解／中島河太郎-年
正宗白鳥——自然主義文学盛衰史　高橋英夫——解／中島河太郎-年
正宗白鳥——世界漫遊随筆抄　大嶋 仁——解／中島河太郎-年
正岡子規——俳人蕪村　粟津則雄——解／淺原 勝——年
正岡子規——子規人生論集　村上 護——解／淺原 勝——年
丸山健二——夏の流れ 丸山健二初期作品集　茂木健一郎-解／佐藤清文——年
松田解子——乳を売る|朝の霧 松田解子作品集　高橋秀晴——解／江崎 淳——年
三浦哲郎——拳銃と十五の短篇　川西政明——解／勝又 浩——案
三好達治——測量船　北川 透——人／安藤靖彦——年
三好達治——月の十日　佐々木幹郎-解／安藤靖彦——年
三木 卓——路地　富岡幸一郎-解／栗坪良樹——年
三島由紀夫-中世|剣　室井光広——解／安藤 武——年
三浦雅士——メランコリーの水脈　大岡 信——解／著者——年
水上瀧太郎-大阪の宿　大谷晃一——解／武藤康史——年
室生犀星——蜜のあわれ|われはうたえどもやぶれかぶれ　久保忠夫——解／本多 浩——案
室生犀星——あにいもうと|詩人の別れ　中沢けい——解／三木サニア-案
森 敦——われ逝くもののごとく　川村二郎——解／富岡幸一郎-案
森 敦——われもまた おくのほそ道　高橋英夫——解／森 富子——年
森 茉莉——父の帽子　小島千加子-人／小島千加子-年
森 茉莉——贅沢貧乏　小島千加子-人／小島千加子-年
森 茉莉——薔薇くい姫|枯葉の寝床　小島千加子-解／小島千加子-年
森内俊雄——骨の火　富岡幸一郎-解／勝呂 奏——年
森 銑三——新編 物いう小箱　片桐幸雄——解／小出昌洋——年
安岡章太郎-ガラスの靴|悪い仲間　加藤典洋——解／勝又 浩——案
安岡章太郎-流離譚 上・下　勝又 浩——解／鳥居邦朗——年
安岡章太郎-果てもない道中記 上・下　千本健一郎-解／鳥居邦朗——年
山本健吉——俳句の世界　勝又 浩——解／山本安見——年
山川方夫——愛のごとく　坂上 弘——解／坂上 弘——年
保田與重郎-保田與重郎文芸論集 川村二郎編　川村二郎——解／谷崎昭男——年

講談社文芸文庫

ナボコフ／富士川義之 訳
セバスチャン・ナイトの真実の生涯　富士川義之－解

パゾリーニ／米川良夫 訳
生命(いのち)ある若者　米川良夫――解

フォークナー／高橋正雄 訳
響きと怒り　高橋正雄――解

フォークナー／高橋正雄 訳
アブサロム、アブサロム！(上)(下)　高橋正雄――解

フォークナー／佐伯彰一 訳
死の床に横たわりて　佐伯彰一――解

プーシキン／木村彰一 訳
エヴゲーニイ・オネーギン　川端香男里－解

ベールイ／川端香男里 訳
ペテルブルグ(上)(下)　川端香男里－解

ベンヤミン／岡部 仁 訳
ドイツ悲哀劇の根源　岡部 仁――解

ボッカッチョ／河島英昭 訳
デカメロン(上)(下)　河島英昭――解

マルロー／渡辺 淳 訳
王道　渡辺 淳――解

ミツキエヴィチ／工藤幸雄 訳
パン・タデウシュ(上)(下)　久山宏一――解

ヘンリー・ミラー／河野一郎 訳
南回帰線　河野一郎――解

ボアゴベ／長島良三 訳
鉄仮面 (上)(下)

メルヴィル／千石英世 訳
白鯨 モービィ・ディック (上)(下)　千石英世――解

丹羽文雄
鮎・母の日・妻
丹羽文雄短篇集
非情な冷徹さで眺める作家の〈眼〉は、生母への愛憎、老残の母への醜悪感を鮮烈に描く。処女作「秋」から出世作「鮎」、後半の「妻」に至る丹羽文学の傑作短篇十篇。
解説・年譜＝中島国彦
にB1 198430-6

篠田一士
三田の詩人たち
明治以降の詩的創造の重要な結節点に位置する久保田万太郎、折口信夫、佐藤春夫、堀口大學、西脇順三郎の五人に永井荷風を加え、現代詩の全貌を明かした名講義録。
解説＝池内紀　年譜＝土岐恒二
しN1 198429-2

河井寛次郎
蝶が飛ぶ　葉っぱが飛ぶ
陶芸家としての名声に背を向け同志柳宗悦等と民芸運動を立ち上げる。職人仕事や工業製品に美を発見、自由奔放な作陶を貫いた河井の味わい深い随筆・談話を精選。
解説＝河井須也子　年譜＝鷺珠江
かK2 198422-5